新潮文庫

# さよならの言い方なんて知らない。

BOOK 8

河野 裕著

新潮社版

11789

# 目次

CONTENTS

プロローグ　11
第一話　空虚なデータがすがる夢　19
第二話　名前のないチーム　59
第三話　授賞式　128
第四話　惨劇が始まる　136
第五話　ラブレター　196
第六話　こんなにもあの子を　228
第七話　でもあなたにはわかるよね？　277
エピローグ　308

# 登場人物紹介

CHARACTERS

## 香屋歩
Kaya Ayumu

高校2年生。「生き抜くこと」を何より大事にし、能力「キュー・アンド・エー」を用いて、平和な架見崎の実現を目指していた。自身が冬間美咲によって作られた架空の存在であることに衝撃を受けるが、「物語」が「現実」を変えられることを証明するため、新たな戦いに身を投じる。「平穏な国」第一部隊リーダー。

## 冬間美咲
Toma Misaki

香屋と秋穂の幼馴染。その正体は、数少ない「現実」世界の住人であり、架見崎を作り出した演算機「アポリア」を開発した科学者・冬間誠の娘。架見崎では「ウォーター」として、世界平和創造部を立ち上げ、香屋の前に立ちはだかる。

## 秋穂栞
Akiho Shiori

高校2年生。年齢より幼い外見をしているが、性格は大人びており、何事にも冷静に対処する。香屋、トーマとともにアニメ「ウォーター＆ビスケットの冒険」のファン。「平穏な国」のトップ、リリィの「語り係」を務める。

## 平穏な国

### リリィ Lily
「平穏な国」リーダー。無垢で純粋な少女。能力名「玩具の王国」。

### シモン Shimon
リリィを傀儡にチームを操っていたが、失脚。トーマ脱退に伴い、復権する。

### 雪彦 Yukihiko
「平穏な国」最高幹部、聖騎士の一人。能力名「無色透明」。

### 月生亘輝 Gessyo Koki
「7月」の架見崎の覇者。単独で70万ポイントを持つ最強のプレイヤーだったが、「PORT」「平穏な国」連合の作戦に敗れ、所持ポイントを大きく減らす。パンと共に現れた「ウロボロス」による攻撃を受ける。

### ユーリイ Yuri
元「PORT」リーダー。百を超える効果を同時に発動する能力「ドミノの指先」の所持者。白猫と並ぶ架見崎最強の一人。

### タリホー Tallyho
ユーリイの副官を務める女性。もの静かで、生真面目。いつもスーツを着ている。度重なる裏切りを経て、再び彼に仕える。

### テスカトリポカ Tezcatlipoca
補助士を極めた能力者。「天糸」を含む3つの「その他能力」を持つ。架見崎最高の検索士・イドを殺害した。

### ニッケル Nickel
元「PORT」円卓の一人。「その他能力」を全て打ち消す「例外消去」を持つ。

### キド Kido
元「キネマ倶楽部」リーダー。天才的な戦闘センスを有する。現在は「エデン」エースプレイヤーの一人。

## 世界平和創造部

### 白猫 Shironeko
元「ミケ帝国」リーダー。肉体のポテンシャルは架見崎で最も高い。最強の一角。

### ウーノ Uno
元「ブルドッグス」リーダー。徹底したリアリスト。能力名「現金主義」「用済み」。

### ニック Nick
元「キネマ倶楽部」。紫とともにチームを脱退し、キドと対立した。

### パン Pan
元「ＰＯＲＴ」円卓の一人。正体は現実世界で演算機「アポリア」を管理するメンバーの一人。冬間美咲とは別の思惑をもって、架見崎に介入する。

## 現実世界

### 冬間誠 Toma Makoto
トーマの父親。技術的特異点、演算機「アポリア」を開発した天才。自ら命を絶つ。

### 桜木秀次郎 Sakuragi Shujiro
アニメ監督。「ウォーター＆ビスケットの冒険」を製作した。架見崎では「イド」「銀縁」を名乗っていた。

## 宣戦布告ルール 1

チームA　宣戦布告　チームB

2時間のタイマーが回り始める

交戦開始

チームC　宣戦布告　チームD

2時間のタイマーが回り始める

交戦開始

交戦は最長72時間。そこで強制的に引き分けとなる。

交戦終了

交戦終了

交戦終了から24時間は他チームに宣戦布告できず、
他チームから宣戦布告を受けることもない。

## 宣戦布告ルール 2 戦闘の合併

チームA　宣戦布告　チームB

2時間のタイマーが回り始める

チームC　宣戦布告　チームD

2時間のタイマーが回り始める

チームA　宣戦布告　チームC

いずれかのチームが他の戦闘予定のチームに宣戦布告すると、
ふたつの戦闘が統合され、タイマーはより残り時間が短い方が採用される。

A、B、C、Dの4チームが交戦中となる

4チームすべての領土内で能力を使えるようになる。
交戦状態になったチームは、他チームに宣戦布告できず、
他チームから宣戦布告を受けることもない。

交戦終了

交戦状態でなければ、能力を使えるのは自分たちのチームの領土内のみ。

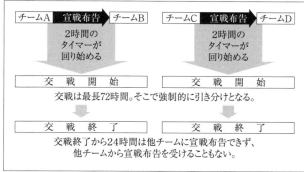

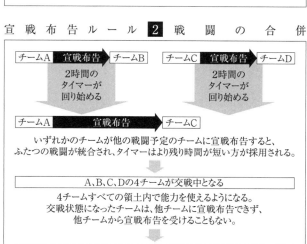

「架見崎」地図

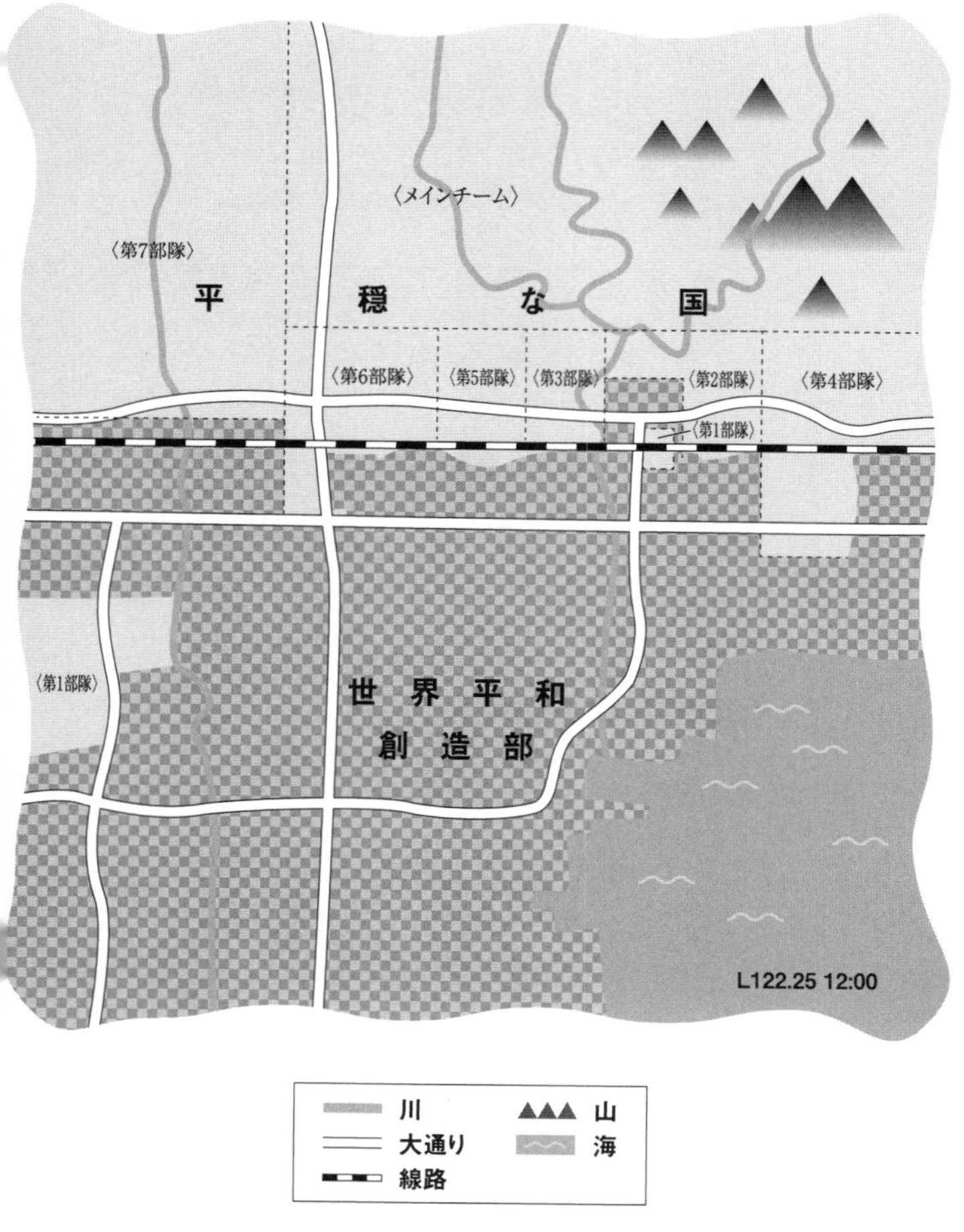
〈メインチーム〉
〈第7部隊〉
平穏な国
〈第6部隊〉
〈第5部隊〉
〈第3部隊〉
〈第2部隊〉
〈第4部隊〉
〈第1部隊〉
〈第1部隊〉
世界平和
創造部
L122.25 12:00
川
大通り
線路
山
海

# さよならの
# 言い方なんて
# 知らない。

THEME OF
THE WATER &
BISCUIT 8

# プロローグ

香屋歩《かやあゆむ》は、端末に取り込んだ画像を順に確認する。

——特報。

ウォーター&ビスケットの冒険。最新話、制作開始。

この、桜木秀次郎《さくらぎしゅうじろう》からのメッセージは、たしかに「特報」だった。

香屋にとって。あるいは架見崎《かみさき》という世界にとって。

もちろん、あの名作「ウォーター&ビスケットの冒険」の最新話の制作が決定したというのが、なによりも特報だ。心躍る、まるで生きる意味の証明みたいな、素晴らしい特報だ。けれど話は、これだけでは終わらない。

相変わらずの教会の一室で、秋穂《あきほ》が言った。

「つまり桜木さんは答えをみつけたっていう意味ですよね？　生命のイドラの、正体みたいなものについて」

彼女の言葉に香屋は頷《うなず》く。

「まあ、素直に受け取れば、そうなる」

DVDの映像には、「ウォーター&ビスケットの冒険」の監督である桜木秀次郎と、アポリア開発者である冬間誠《とうままこと》の会話が収録されていた。

　ふたりは「生命のイドラ」について話していた。とても興味深い内容だった。その中で桜木秀次郎は、こう話している。

　――つまり私は、たったひとつの解答を示したくなった。視聴者それぞれに解釈を委《ゆだ》ねることのない、完璧《かんぺき》な唯一《ゆいいつ》の解答を。けれどあのアニメが二話足りないのは、私が未《いま》だに、その解答に到達していないからです。

　なら、彼が今になって「ウォーター&ビスケットの冒険」の続きを作るというのは、生命のイドラに対して「完璧な唯一の解答」を見つけ出したという意味になるはずだ。

　秋穂が頬杖《ほおづえ》をついた手で、頬の形を歪《ゆが》めて言った。

「それは、吉報ですか？　凶報ですか？」

「アニメの続きがみられるなら、もちろん吉報だ」

「ええ。でも」

「うん。架見崎が、根底から意味を失《な》くす話でもある」

　だって架見崎とは、カエルたちが「生命のイドラ」を見つけ出すために用意した舞台なのだから。答えがみつかってしまえば、存続する理由がない。

　――こんなの、怖がろうと思えば、いくらでも怖がれる話なんだ。

　つまり香屋にとっては手の出しようもない「現実」という奴《やつ》で、なにか事態が進展して、架見崎が意味を失うなんてのは。いくらだって想定できるし、怖いし、けれど対処の仕方もない。

香屋は続ける。

「でも、桜木さんは架見崎に、なにかを期待しているはずなんだよ。でなきゃ、あの『特報』の意味もない」

現実に戻った彼が、わざわざ架見崎に向けて、メッセージを送る理由がない。

秋穂が眉間《みけん》に皺《しわ》を寄せる。

「やっぱり、焦点は新聞記事ですよね？」

「うん。でも、これだけじゃ情報が足りない感じがする」

あのDVDに現れた「特報」は、ふたつの顔を持つ。

ひとつ目はもちろん、「ウォーター&ビスケットの冒険」最新話の制作発表。

そしてふたつ目の「特報」は、その発表の背景に紛れ込んでいた。

いくつもの新聞記事——自殺者に関する記事。アポリアの問題に関する記事。それらの重苦しい記事を踏みつけるように、力強い字で、「ウォーター&ビスケットの冒険」の最新話の制作が発表される。

問題は、新聞記事の方だ。

——桜木さんは、架見崎に「現実」の状況を伝えようとした。

そう考えて間違いないはずだ。

香屋は「特報」の映像を、繰り返し確認した。画面に現れるなにもかもを逃さないつもりだった。だから、ほんの短い時間だけ映し出される新聞記事もすべて読み込んだ。

だがそこに書かれていた文章の大半は、香屋にとって既知のものだった。それは、仕方がないことだろう。あちらは香屋がトーマから「現実」の話を聞いているなんてこと、知りはしないのだから。たとえば同じ動画をキドや藤永《ふじなが》がみていたなら、まったく印象が変わるはずだ。宝の山のような情報——いや。むしろ奈落《ならく》のような深い絶望が目の前で口を開けているような情報が、濃密に書き記されているのだと思う。

——でも。僕にだってこの新聞記事は、まったく無意味だったわけじゃない。

そこにはひとつだけ、香屋も知らない「ある問題」が書かれていた。

香屋は手元の端末に保存した記事に目を向けて続ける。

「この話は、トーマからも聞いていない」

同じく端末をみつめながら、秋穂が答えた。

「なら、トーマがわざと隠したのか、あいつも知らないことなのか」

「わざわざ話す必要がないってだけだったのかもしれないけど」

でも香屋は、その記事になんだか、重要な意味があるような気がしている。

——混濁現象。

と、名付けられた、アポリアが抱える問題のひとつ。強固な仮想世界《フィクション》が現実《リアル》と混じり合うことで、自然と発生が予想できる現象。

だがそれが、どう架見崎に影響するのか、まだわからない。情報が足りない。

——トーマはこの言葉を、知っているはずだ。

当たり前に新聞に載っているようなことなんだから、当然。

「あいつと話をしたいな」

香屋がそうつぶやいたとき、ノックの音が聞こえた。

とん、とん、とん。と、三度続けて。そのノックはあまりにリズムが一定で、あまりに音が揃《そろ》いすぎている。人間味のない音だった。

秋穂が「はい」と答えると、ドアが開く。

先に立っていたのは、ひとりの男だ。背が高く、身体中《からだじゅう》にしっかりと、美しく筋肉がついている。その姿は優秀な格闘家のようだった。あるいは、西洋の彫刻のようだった。

ユーリイ。彼は秋穂に向かって微笑《ほほえ》む。

「やあ、こんにちは。挨拶《あいさつ》が遅れてすまないね、あっきー」

秋穂は、架見崎での登録名を「あっきー♪」としている。けれど親しい人たちは、みんな彼女を秋穂と呼ぶ。

秋穂の方は、顔をしかめて答えた。

「いりませんよ。わざわざ、挨拶なんて」

「そういうわけにもいかないだろう？　僕は新任の聖騎士で、君は先輩の語り係だ」

「なんの用です？」

「メインはもう終わった。このチームの新人として、君に挨拶をしにきたんだからね。けれど許されるなら、香屋くんをお借りしたい」

もちろん、嫌だ。ユーリイになんて貸し出されたくない。

けれど彼が訪ねてきたのだから、話も聞かずに追い返すのも怖《おそ》ろしい。存在自体が脅迫みたいな人だ。

香屋が目を向けると、秋穂が小さなため息をつく。

「ま、いいですよ。できるだけ早く返してくださいね」

そのつもりだよと、ユーリイが答えた。

＊

――少し散歩をしよう。

そうユーリイに誘われたが、もちろん気乗りしなかった。

だいたい香屋と彼では、足の長さも、一歩で進む距離もまったく違う。並んで歩いても互いに疲れるだけだ。それでも、まったく高さが合わない肩を並べて、八月の強い日差しの中を歩く。

ユーリイが言った。

「互いに死ななければ、僕たちはいずれ敵になるだろうね」

その言葉に、香屋は答えなかった。

おそらくそうなるだろう。けれど、強い人を敵に回したくはない。本音じゃ別に、強くない人だって敵にはしたくないのだ。

ユーリイが続ける。

「でも今のところ、僕たちには共通の敵がいる。だから、どうだろう？　もう少しだけ、手を取り合っていないかい？」

敵、と香屋は繰り返す。

「僕は、ウォーターを敵だとは思っていません」

「そちらじゃない」

なら、わかる。たしかに「あれ」は、香屋の敵だ。

ちらりと顔を確認すると、ユーリイは口元に、柔らかな笑みを浮かべていた。

「素晴らしいだろう？　互いに信頼し、手札をさらし合い、全力を尽くして巨大な敵と戦おう。まるで戦友のように、肩を支え合って困難に立ち向かい、勝利すれば握手を交わそう。一度、そういう経験をしてみたかったんだ」

あのDVDの特報を含め、気になることはいくつもある。

――けれど、たしかに、優先順位じゃ「あれ」が先だ。

ヘビ。ウロボロス。架見崎を壊すもの。

なんだか楽しげに、ユーリイが言った。

「ヘビ退治のプランを用意した。ぜひ、君の意見を聞かせて欲しい」

ああ、嫌だ。ヘビとなんか、戦いたくない。

けれどヘビを放置するのは、戦いよりもさらに怖い。

「僕にもいちおう、プランがあります。詰められるだけ詰めましょう」

仕方なく香屋は、そう答えた。

# 第一話　空虚なデータがすがる夢

## I

時間は、ヘビに味方するのか、敵となるのか？

――つまり僕たちは、急ぐべきか、ゆっくりと進むべきか。

この点において、香《や》屋《や》歩《あゆむ》とユーリイの考えは共通していた。

ヘビと戦うなら、開戦は早ければ早いほど良い。なぜなら純粋な戦力において、世界平和創造部は「弱い」から。もちろんすでにあのチームは強大ではあるけれど、エデンの中核を取り込んでポイントが膨れ上がった平穏な国の方が上だ。でも、時間を与えれば与えるほど、ヘビはその差を効率的に埋めるはずだ。

――問題は、リリィが宣戦布告を認めていないことだ。

そう香屋は考える。よって、世創部側からの宣戦布告を待つことになる――というのは正確ではなくて、あのチームに「無理やり宣戦布告させる」必要がある。

その方法を、思いつかないことが問題なのではない。世創部を挑発するなんて、きっととっても簡単だ。当然、ユーリイもそれを知っている。

問題はその「挑発」が、あまりに香屋の価値観に反していることだった。できるならやりたくない、どころではない。なんとしても避けたい。でもユーリイであれば、その方法を躊躇《ためら》いもしない。

よって香屋は、宿敵に相談することにした。

「ねぇトーマ。ちょっとこっちに、戦争をふっかけてくれないか？」

一二二ループ目——月生《げっしょう》が七月をもう一度体験し、再び八月に戻ってきたループ。

その二八日に、リャマに頼んでトーマと通話を繋《つな》いでもらった。廃墟《はいきょ》になった喫茶店のボックス席で、こちらはリャマのほかに藤永《ふじなが》が同席している。

端末の小さな画面の中で、トーマは驚いた風に、何度か瞬《まばた》きをする。

「まさか、香屋が戦争を望むなんてね」

「望んでないけど、そうするしかないかなって」

「君からの通話だと聞いて、私は『ウォーター＆ビスケットの冒険』の続編の話で盛り上がれるんだって、わくわくしてたんだけど」

「僕もできればその話をしたい」

「やっぱりさ、あの二四話のあとで、ウォーターとビスケットの関係がこれまで通りってわけにはいかないと思うんだよ」

「でも、本質的にはふたりとも、以前からああなることはわかってて——」

思わず大好きなアニメのトークに乗ってしまいそうになりながら、香屋はどうにか話題を戻す。

「いや、だから、その話じゃない。リリィには宣戦布告させられないでしょ？　君の方から頼む」

「あのね。こっちは兵糧《ひょうろう》攻めを頑張って、まあ君に上手《うま》いこと攻略されたみたいだけど、でもまだ多少は影響が残ってるわけでしょう？　どっちかっていうと、私は時間をかけたい側なんだけど」

「でもこのままだと、コッチが死ぬ」

「コッチ？　——なるほど。コッチか」

トーマの目が、すっと細くなる。彼女の方もスイッチが入ったようで、よかった。

香屋は続ける。

「ユーリイが開戦の合図をすれば、どうせ世創部側はこっちに宣戦布告するでしょ？　なら、ひとり死んで始めるか、誰も死なずに始めるかの違いでしかない。誰も死なない方が良いなんてこと、誰にだってわかる」

「どうかな。これが純粋なゲームなら、ひとり死んだ方が私には有利な感じもするけど」

「そうだね。僕たちの命の価値が、トーマにとってゲームのキャラクターと同じ程度の重さしかないのなら」

「そこまで交渉の材料にするの？　君、さすがに心がタフ過ぎない？」

「君の設定通りでしょ？」

「そこまで設定したつもりはないけど」

香屋とトーマのやり取りに、架見崎《かみさき》という場所の背景を知らない藤永とリャマが、怪訝《けげん》そうに眉《まゆ》を寄せる。

藤永の方が言った。

「よくわからないが――コッチ？」

「元はミケ帝国にいた人ですよ。たしか、なんて名前だったかな。仲良し三人組のひとりで――」

香屋の説明を、リャマが補足する。

「ファイブ、コッチ、マフラーマン。とくにファイブは、まずまずやれる強化士《ブースター》っすね。でも、マフラーマンはもう死んじゃってるし、コッチはミケ帝国を裏切って、PORTに亡命していました」

リャマが優秀な検索士《サーチャー》でよかった。

「それで？」

藤永に促され、香屋は続ける。

「エデンから平穏に合流したのは、元キネマ倶楽部《くらぶ》の人たちを含めて二七人。ユーリイは戦力になるメンバーだけを手元に残し、あとの大半を切り捨てました。でも、例外がひとりだけ——なぜかコッチも、ユーリィの選抜メンバーに入っている」

「コッチは戦力にならないのか？」

「ならないってわけじゃないと思いますよ。でも他の二六人ほど、はっきりとした理屈がない。ユーリィが、あえて彼を手元に残した理由は、戦力以外にあると考えた方がしっくりくる」

「なるほど。その理由は？」

「コッチを殺せば、世創部が宣戦布告をせざるを得ないから」

つまり「平穏な国VS世界平和創造部」の開戦のために、ユーリィはコッチを手元に残した。ひとり殺して、戦争が始まる。その「ひとり」にコッチが選ばれた。

藤永は、まだ納得していないようだ。

「待てよ。どうしてコッチが死ねば、宣戦布告になるんだ？」

「白猫《しろねこ》さんが怒るからですよ」

「なぜ？　コッチは、ミケ帝国を裏切ったんだろう？」

「だとしても、自分を挑発するためにひとり殺されれば、白猫さんはきっと、その挑発に乗ります」

そして白猫が乗れば、世創部全体が乗らざるを得ない。世創部の戦力の柱は白猫で、彼女の意向を無視すれば、内部で分裂することになるからだ。

トーマがふっと息を吐く。

「私の考えは違う。白猫さんは、冷静な人だよ。裏切者のためには戦わない」

「じゃあ、コッチが死んでも戦争にはならない？」

「いや。過程がもうちょっと複雑になるってだけ。まずファイブが黙ってない。ファイブが戦うなら、白猫さんも戦う。彼は今もまだ正統な白猫さんの配下だから」

「そうなるの？　僕はその、ファイブって人のことを知らないけど——」

「あの人の名前の由来、教えてあげよっか？」

正直なところ、どうでもいい。けれどわざわざ断るほどのことでもなくて、香屋が黙っていると、トーマが説明を始めた。

「ファイブは背が低いんだよ。私とだいたい同じくらいかな。つまり、男性用の服を探すとSサイズになる。で、Sと5って似てるでしょ？」

「それで、ファイブ？」

「本人はわりと、背が低いことを気にしてるみたいでね。Sは嫌いなんだ」

「どうして嫌いなものを名前にするのさ？」

「5になると、それはヒーローの数だからだよ。戦隊ものなんかの。だから自分の小さな身体《からだ》に、ヒーローの数を与えた」

トーマの声は、どこか誇らしげだった。

香屋は胸の中の呆《あき》れを、素直にため息にして吐き出した。

「君が好きそうなエピソードだ」

「うん。そして私が好きな人たちは、不思議とみんな、仲間のために命をかける」

わかるような、わからないような話だった。

「ともかくコッチが死ねば、世創部は平穏に宣戦布告するんだね？」

「ま、そうなるだろうね」

「そして僕が知るトーマは、ここまで状況が明白なら、人がひとり死ぬ前に宣戦布告を選ぶ」

小さなモニターの中のトーマが、顔を歪《ゆが》めて考え込む。その顔を隠すように、馬鹿《ばか》げたカウボーイハットを右手で押さえた。

「軽く言ってくれるね。チームを動かすには、理由がいる」

「君でも？」

「当たり前だ。うちに、何人いると思ってるの？」

「みんな君のファンでしょう？」

「さすがに、それほど甘くはない」

うん。その通りなんだろう、きっと。トーマは、傍《はた》からみれば優雅だが、裏ではひどく神経質に「ウォーター」というリーダー像を演じている。彼女はもともと天才的なリーダーだけど、ただ天才的なだけでは足りない。その上に過剰な努力を積んでいる。

トーマが珍しく、泣き言を口にした。

「やりたいようにやるだけで支持を集める、君が羨《うらや》ましいよ」

その言葉が、香屋にはあまりに的外れに聞こえて、思わず苦笑する。

「誰が僕を支持しているっていうの？」

けれどトーマは、あくまで真面目《まじめ》な口調で答える。

「秋穂《あきほ》。キドさん。元キネマのみんな。月生さん。たぶんリリィ。ある意味ではユーリイも。それから、もちろん私」

最後のひとりに、藤永とリャマが息を呑《の》んだ。

香屋はなにも答えなかったが、たしかに羅列されてみると、なかなか豪華なラインナップだ。問題は、最後のひとりがどれだけ支持しようが、決して味方にはなってくれないことだった。月生に関しても、多少、状況がややこしくなっている。

トーマが話を進めた。

「タイムリミットは？」

「ユーリイは、このループ中の開戦を望んでいる」

「即断はできない。できるだけ時間が欲しい」

「オーケイ。三一日の夕刻までは、コッチを殺させない」

「期待しないでよ。本当に、迷ってるんだ」

「僕が君に期待しなかったことなんて、一度もない」

香屋がそう告げると、今度はトーマが呆れた風に微笑《ほほえ》んだ。

「ありがとう。でも、君はいいの？」

「うん？」

「君の意志で戦争を始めるなんて」

よくない。まったく。なにひとつ。

咄嗟《とっさ》に、胸に言い訳が浮かぶ。

――僕がなにもしなくても、ユーリイが勝手に次の戦いを始める。

それを止める方法がわからない。だから、平穏対世創部は既定路線として進めるしかない。――本当に？　本当に、足掻《あが》きようもないのか？

顔をしかめて、香屋は自身の本心を認める。

「ヘビなんてものがいなければ、僕の考えは違ったよ」

殺し合いなんか、望んでないんだ。本当に。

でも他にはどうしようもない。カエルとヘビの争いでカエル側が勝利しなければ、架見崎に未来はない。反対に、上手いやり方でヘビを排除できれば、架見崎に大きな希望が生まれる。まるで夢物語みたいな希望が。

小さな声で、トーマが答える。

「ま、そうだね。ごめん。ひどい質問だった」

それから、「次は『ウォーター&ビスケットの冒険』の話をしよう」と言って、あちらから通話を切った。

ブラックアウトした画面をみつめて、藤永が息を吐く。

「よくわからんな。君たちの関係は」

「幼馴染《おさななじみ》ですよ。普通の――とっても、仲が良い」

それだけならよかった。ずっと、あいつと、いつまでもただ仲の良い幼馴染でいられたらよかった。けれどいつの間にか、ふたりのあいだには、ずいぶんややこしいものが溢《あふ》れてしまった。気軽に好きなアニメの話もできないくらいに。

間もなく、香屋の端末に新たな着信が入る。

音声のみの着信だ。

「ハロー、ハロー」

ユーリイ。他の誰が見逃しても、彼だけは先ほどの通話を傍受している。テスカトリポカを配下に置く彼は、常に情報戦を有利に進める。

小さな舌打ちをして、香屋は告げる。

「と、いうことです。宣戦布告は三一日の夕刻だ」

「オーケイだよ。ヘビ退治の仲間集めは?」

「そちらは、秋穂が話を進めています」

秋穂は今、ユーリイから受けたある依頼を達成するため、シモンを相手に話し合いを続けている。「ユーリイが仲間にしたいひとり」との会食をセッティングできれば、とりあえず秋穂の仕事はおしまいだ。けれど。

香屋は胸の中で、自分たちの敵の名前を唱える。

――ヘビ。

アポリアそのものとさえ言える、超高性能ＡＩ。

あんなものの攻略が、可能だろうか？　ユーリィと手を組み、最善のチームを編成してさえ。

あれとの戦いを想像するだけで、全身が震えた。

## 2

スプークス。平穏な国、第五部隊リーダー。

一般には性別さえ知られていない彼女は、能力を使用せずに鏡の前に立てば、まだ若い女性の顔が映る。肉体の年齢は一八歳。背はまずまず高く、どちらかというと細身。ショートカットをありきたりなライトブラウンに染めている――スプークス自身も意図的に、明るいが強く目を惹《ひ》くわけではない色を選んでいた。目と口が大きいため活発な印象がある。耳が少し歪《いびつ》に丸まっており、羽化を待つサナギのようにみえなくもない。けれど他人から指摘されたことはない。自身では少し額が広すぎるように感じるが、前髪を上げた方が周囲の受けはよかったため、しばしばそうしていた。

スプークスの経歴は、それほど特殊なものではない。架見崎を訪れる前はイタリアンレストランで給仕のアルバイトをしながら、予備校に通っていた。高校生のころはバスケットボール部で部長を務めていたが、とくに強豪チームというわけでもなかった。学力も、別に低くはないけれど、ストレートで望む大学に合格できるほどでもない。

スプークスが誇れる自身の能力は、ただひとつだけだった。

その特性は、いくつかの言葉で表現できる。あらゆる集団に馴染めること。誰とでも仲良くなれること。敵を作らないこと。味方を作ること。スプークス自身はそれを、内心では「自分を捨てられること」だと表現していた。よって架見崎を訪れたとき、自身に幽霊、あるいは諜報員《ちょうほういん》を意味するスプークスという名を与えた。

思い返せばこれは、愚かなことだ。名前で自身の役割を説明しているようなものなのだから。私には考えが足りないところがある——スプークスはそう考える。

スプークスのその他能力《オリジナル》は、「ドッペルゲンガー」と名付けられた。

この能力は、非常に強力な反面、使用には面倒な条件がある。

——あなたは、私に似ているね。

スプークス自身がこう質問をして、相手が肯定すれば「条件を満たした」ことになる。この「条件を満たした相手」は、最大で五人ぶんまでストックが可能。ストックから任意のひとりを選んで能力を使用する。

ドッペルゲンガーで得られるものは、ふたつだ。

ひとつ目は相手の姿。そしてふたつ目は、相手の記憶。より正確には、前記の「条件を満たした瞬間」の相手の姿と記憶を得られる。肉体が相手のものに変化するため声も変わるが、喋《しゃべ》り方は意図して近づける必要がある。また、記憶はスプークス自身のものと相手のものが混じり合い、しばし混濁する欠点を持つ。目覚めたばかりで夢と現実の記憶があやふやな時間のように。

長いあいだ、スプークスは平穏な国にとって──あるいはシモンにとって、チーム内部の情報収集の要《かなめ》として機能していた。なんといっても相手の記憶をそのまま手に入れられるのだから、能力が発動しさえすればあらゆる検索《サーチ》を超える情報源となる。

急速に勢力を伸ばした平穏な国にとって、かつては他チームよりもむしろ内側の情報を正確に収集することが重要だった。信仰という、強固な反面で目に見えず簡単には確認のしようもないものを土台にしているこのチームの構造も、スプークスの価値を高めた。けれども、「まずは内政から」なんて悠長なことを言っていられる状況ではない。架見崎の勢力図は急速に変化し続けている。

そこでシモンは、スプークスに「三人の記憶」を手に入れることを求めた。

一人目は、ウォーター。世界平和創造部リーダー。

二人目は、香屋歩。あの月生を従える、得体のしれない新参者。

そして三人目は、ユーリイ。誰もが知る、架見崎の王様。

ウォーターの件では、失敗した。紫《むらさき》という、ウォーターに重宝されている強化士《ブースター》の姿と記憶を手に入れて近づいたが、上手く質問に「イエス」と答えさせることができなかった。

香屋歩に関しては、優先度がやや低かった。いざとなれば、強引に条件を満たすことができるから。たとえば銃を突き付けながら、あの質問を口にすればよいのだから。

スプークスは、最後のひとり――ユーリイが最難関だと考えていた。

彼であればすでに、こちらの能力の詳細まで検索《サーチ》しているのではないかと予感していたからだ。PORTのリーダーだったころ、つまりイドと組んでいたころの彼は圧倒的だった。こちらのなにもかもを見通していてもおかしくない。

けれど、一二二ループ目、二九日。

スプークスは、ユーリイの記憶を手に入れる機会を得た。


その夜、スプークスはリリィの姿と記憶を借りていた。リリィを能力の対象とすることを、シモンはずいぶん渋ったが、ユーリイの記憶の獲得という大きな目的のためだ。最終的には許可が出た。

ディナーの時間だ。シモンと秋穂、それからリリィの姿を借りたスプークスと同じテーブルに、ユーリイが着いていた。

――ユーリイ。

魅力的な人だ、とスプークスは考える。

このテーブルでは、それほど意味のある会話が交わされたわけではない。チームの今後に関しては、シモンとユーリイが漠然とした言葉を並べるばかりで、秋穂は終始不機嫌そうだった。あとはクラシック音楽の好みだとか、海外の高級車メーカーの成り立ちだとかの、スプークスにとっては興味の持ちようのない話で時間を潰《つぶ》していた。

それでもユーリイの言葉は聡明だった。彼はシモンが提供するいかにもシモン的な話題——つまり知識をひけらかすようでいて結局は俗物的な話題——を遮らず、丁寧に相槌《あいづち》を打ち、一方で冗長になりすぎないように適度に軌道修正をした。言葉のひとつひとつの品が良く、知性を感じさせた。自然な自信に満ちており、嫌味な感じがしなかった。

そして、なによりも。ユーリイは極めて優秀でありながら、自分自身を空っぽだと感じているようだった。同類であるスプークスは、その匂《にお》いを敏感に感じ取っていた。

——そう。上手く生きるのに、「自分」なんていらない。

自分の望みだとか。自分の理想だとか。自分らしさだとか。そういう「自分」こそが、生きることを窮屈にするのだ。人はなによりもまず、自分というものの定義に縛られて身動きができなくなる。

なのにユーリイという架見崎の王様は、自分を持っていない。だからスプークスは、これまで信じてきた価値観が肯定されたように感じた。

そして、本心からあの言葉を口にする。

「貴方《あなた》は、私に似ているね」

リリィの姿と声で発せられたその言葉に、ユーリイは少し驚いたようだった。あるいは驚いたふりをしただけかもしれないけれど。

ともかく彼は、わずかな間を置いて、軽く両手を広げて答えた。

「僕は、僕自身が定義する通りの人間だ。その定義は変更可能で、僕は自分を、しばしば都合が良いように作り替える。今だってその作業を続けている。もしも君も、同じように自覚的に自分を定義しているなら——」

なんだか、奇妙な言い回し。幼いリリィに語り掛けるには似つかわしくない。まるでこちらの正体を知った上で、「ドッペルゲンガー」という能力について指摘しているような。

スプークスは、緊張で顔を強張《こわば》らせる。

けれど、ユーリイは柔らかく微笑んで答える。

「そうだね。僕たちは、とてもよく似ている」

スプークスは息を吐く。安堵《あんど》していた。けれど同時に、これまでとは異なる種類の緊張も感じる。

——ああ。これで。

もう、ユーリイに謎はない。

彼の思惑のすべてが、スプークスのリストに加えられた。

＊

同じとき、テスカトリポカは違和感に顔をしかめた。

テスカトリポカはユーリイに対して、ふたつの能力を使っていた。共に、彼自身に使用を指示されたものだ。

一方は「天糸《てんし》」。この能力は「テスカトリポカが検索《サーチ》している端末のプレイヤーに対して、常に接触しているものとして能力を発動する」という効果を持つ。

もう一方は、「偽手《ぎしゅ》」。こちらは対象の端末を強制的に操り、テスカトリポカが望む能力を使わせる。

よってユーリイは、端末に触れることなく、自身の能力を発動した。

彼の狙《ねら》いはよくわかる。ユーリイは強い洗脳能力を持つ。その洗脳能力を自分自身に向かって使用したのだ。

――僕は、僕自身が定義する通りの人間だ。

この言葉が、トリガーだ。ユーリイは事前に、「偽りの自分自身」を定義していた。この食事会において最適な、偽りの考えを持つ自分を。そして前記の台詞《せりふ》と共に能力を使用することで、偽りの考えを自分に信じ込ませた。つまり彼は、スプークスに読み取らせるための偽物《にせもの》の記憶を、自分自身に植え付けた。

ここまでは、わかる。

けれど、不可解な点がある。

なぜなら彼が使用した洗脳能力は、対象が「地球人ではないと確信している場合」でなければ効果が発動しないのだから。

――ユーリイは、自分自身を「地球人ではない」と信じているの？

そうでなければ、彼の能力は発動しない。

――奇妙な、人。

だからこそ惹かれる。奇妙で、なのにすべての計画が成功するから。

テスカトリポカは今すぐにでも、彼を壊してしまいたかった。

＊

五分後、本来の記憶を取り戻したユーリイは、思わず苦笑する。

――これは、素敵な裏技だね。

ややこしい手順を踏まなければ倒れることがないはずの、九九番目のドミノ。「対象が地球人ではないと確信していなければ使えない」この洗脳能力に、思わぬ短縮ルートがみつかった。

なぜなら架見崎にいる大勢が、事実として地球人ではないのだから。

ただアポリアに演算されているAIにすぎないのだから。

この事実を知る人は、今はあまり多くはない。けれど、ユーリイ自身には前提条件なく使用できる。おそらくは香屋歩にも。それからきっと、ヘビ――ウロボロスにも。

香屋とヘビ。架見崎という盤面で、大きな支配力を持つふたつのAIに対して、前提条件なく強力な洗脳能力を使用できるのは思わぬ収穫だ。

――さあ、架見崎の攻略をはじめよう。

もてるカードをすべて並べて。

そう考えながらユーリイは、柔和な笑みのまま、口元をナプキンで拭《ぬぐ》った。

## 3

翌日――ヘビとの開戦が明日に迫った、三〇日。

香屋は、ユーリイとランチを共にしていた。この数日は、まいにちそうだ。戦いに備えて、話しておくべきことはいくらだってある。

食事は――ユーリイが摂《と》るにしては――簡素なものだった。クラッカーとチーズ、それからナッツと干しブドウ。ドリンクはスプライト。まあ、悪くはない。月末には生野菜が恋しくなるけれど。

「準備は万全、とは言い難いね」

ユーリイの言葉に、香屋は頷《うなず》く。

「こちらが遅れています」

「予定通りではあるよ」

「ええ。予定通り、遅れています。それじゃ足りない」

香屋とユーリイは、すでにほとんど、明日の戦い方を決めていた。あまり多くの選択肢はなかったが、とりあえず起こり得ることを想定して、それぞれにプランを用意した。まずまず、納得のいくプランだ。でも。

――そもそも、僕のプランは実行されない。

平穏な国が言うことをきかない。

「まだ、シモンとの面会さえ許されません。交渉のしようもない」

香屋の泣き言に、ユーリイが苦笑で返す。

「でも君が平穏の中核に立たなければ、僕たちはとても窮屈だ。このチームを捨て去ってしまった方が効率的なくらいだ」

「でも。平穏は、ただ捨てるには惜しい」

これでもいちおう、大手と呼ばれてきたチームだ。なかなか良い人材が揃《そろ》っている。それを別にしても、平穏を切り捨てるような判断はあまりに被害が大きい。――いったい、何人死ぬというんだ。香屋は今もまだ、戦いを望んではいない。けれど、どうしようもなく戦うなら、人が死なない戦いを目指すしかない。

ユーリイが、チーズを載せたクラッカーをかじる。

「彼らは想像力が足りない。だから、現実をみせるしかない」

「実際に戦って、実際に被害が出るまで考えを変えられないってことですか？」

「そう。その通り」

「でも、僕は――」

「君も、彼らと同じところに立つのかい？」

スプライトに口をつけて、ユーリイが冷たい目をこちらに向ける。

「できもしないことを夢想して、無意味に時間を浪費するかい？　そうじゃないだろう、香屋歩というのは。もっと残酷で冷徹な生き物だろう。君は命を数えられる人間だ。一〇〇人死ぬよりは九九人死ぬほうがまだましだと知っている人間だ。なら、現実を受け入れて戦うしかないよ。ヘビとの戦いでは必ず被害が出る」

　ユーリイは、やはり怖い。この人と話していると、なんだか勝手に自分自身が定義されてしまうような気がする。

　こちらの思考を上書きするように、ユーリイが言った。

「明日の戦いで、君は平穏を支配しなければいけない。その先の戦いのために。なら君にとって、平穏な国の傷は追い風だ」

　——ああ。その通りなんだろう。

　平穏な国にこちらのプランを呑ませるため、このチームが充分に傷つき、追い込まれるのを待つしかないんだろう。その手前で足をとめて、現実になるはずもない夢のような展開を想像することは無意味なんだろう。無駄に時間を浪費して、必要なことから遠ざかるだけなんだろう。

　香屋は、ふっと息を吐く。

「貴方の言うことがどれだけ正しくても、僕の根っこだけは僕が決めます」

　だって、そうだろう？

　——明日、人が死ぬ戦いが起ころうとしている。

こんなことでさえ、くよくよと悩めなくなってしまったなら、僕は、だれだ？

ユーリイが微笑む。意外にも柔らかに。

「うん。もちろん、それでいい。進み続ける覚悟があるのなら」

香屋は強張った顔つきのまま息を吐く。

「ええ。足は、止めない」

けれど本当は、覚悟なんてものはない。

――ただ、諦《あきら》められない未来があるだけだ。

漠然と、だが繰り返し思い描く未来。

それを現実にするために、まるで命を命とも思わないような、空虚なデータとして戦う必要がある。

今はただ、そのためのやり方を詰めていく。

＊

そのころ、シモンは頭を抱えていた。

香屋歩とユーリイそれぞれから、同じ報告を受けている。

――三一日、世界平和創造部との交戦が始まる。

おそらく真実だろう。

データだけをみれば、平穏が世創部に負ける理由はない。人員の数ではあちらがずっと上だが、そんな数字に意味はない。架見崎の戦力とはポイントで決まるものだ。

――だが。

今の平穏は、ひとつのチームとは決して言えない。

もともとの平穏な国に加え、月生を有する元キネマ、そしてユーリイを筆頭としたエデンからの合流組の三つが存在する。それらは、混じり合ってさえいない。それぞれ「平穏な国」を名乗っているだけの、まったく異なるチームでしかない。そして元キネマと元エデンを切り離したとき、平穏な国に世界平和創造部と戦えるだけの戦力はない。

香屋歩と手を組むか、あるいは拒絶するか。ユーリイと手を組むか、あるいは拒絶するか。少なくともどちらかの力は必要だが、どちらであれ劇薬だ。リリィを掲げるこの美しいチームが無残に壊される未来がみえる。だからシモンには、どちらも選べない。

――我がチームは、英雄を持たない。

世創部における白猫のような。PORTにおけるユーリイのような。

かつて平穏な国において、その地位には高路木《こうろぎ》という男が就《つ》いていた。思えば、彼の死から平穏な国というチームが崩れ始めたのだ。

高路木に大量のポイントを与えて「平穏な国最強」に仕立て上げていたのには、ふたつの意味があった。一方はもちろん、戦力の柱であること。けれど、より重要なのはもう一方だ。つまり、チームの精神的な柱であること。

大きなチームには英雄がいるのだ。どんな状況であれ、ただひとりが戦場に出れば、すべてが解決するという英雄。信仰には武力が必要だ。

その意味では、高路木は未完成だった。彼は充分に優秀だったが、飛び抜けてはいなかった。

──だから、月生が欲しい。

誰もが知る怪物。あれを手札に加えられたなら、誰もが信じる英雄となる。

月生の懐柔は、不可能ではないはずだ。こちらにはユーリイから徴収したポイントがある。本来は架見崎の最強でありながら、今はポイントを持たない月生を釣る餌《えさ》にはなるはずだ。

だが月生の心情は読み切れない。より確実な手札を用意したい。彼ほど圧倒的でなくても、せめてかつての高路木程度の役割を果たせるカード。

もう一度、ため息をついて、シモンは口を開く。

「童乱《どうらん》に、通話を」

アリスという名の検索士《サーチャー》が頷き、端末を操作する。

間もなく彼女が差し出した端末から、「うん？　アリス？」と、まだ若い女性の声が聞こえた。──童乱。これまで繰り返し、聖騎士の候補に名が上がりながら、しかし見送られ続けてきた彼女。

「私です」

そうシモンが告げると、童乱は「ふふ」と笑い声をあげた。

シモンは、思わず漏れかけた舌打ちをどうにか堪《こら》えた。

「失礼いたしました。シモンです」

「どちらのシモンさん？」

「架見崎に――」

「どちらの私さん？」

思わず上ずった声を、シモンは咳払《せきばら》いで落ち着け、どうにか声量を落として言い直す。

「架見崎には、同じ名前のプレイヤーは存在しません」

「ああ、そうだっけ？　でもま、そういう話でもなくてね。私は貴方が今、自分をどう認識してるのかっていうのが聞きたいわけ。元・語り係のシモンさん」

シモンは自身の額を押さえる。

「私は、このチームの検索士《サーチャー》です。その他の肩書きはありません」

「なら電話くらい自分でかけて来いって感じだけど」

童乱のペースに付き合っていては、いつまでも話が進まない。

シモンは顔をしかめながら、どうにか本題を切り出した。

「明日、世界平和創造部との交戦があります。ぜひ貴女《あなた》に働いて欲しい」

「私に部隊を預けるってこと？」

「間もなくそうなるでしょう。ですが、まずはポイントだけです」

「それってただの検索士《サーチャー》が決められることなの？」

「童乱。私は、真面目な話をしているのです」

シモンがそう告げると、彼女も少し声を低くして答える。

「うん。こっちも真面目だよ、シモン。今の平穏は命令系統がよくわからない。そこを整えるのが急務なんじゃないかって話。貴方がチームを動かすならそれなりの肩書きが必要でしょう」

それは、そうだ。その通りだ。

古参のメンバーは香屋やユーリイへの忌避感が強いから、シモンの指示に従う。けれどそこにルール化された上下の関係はない。だから、このチームは歪だ。

できるならシモンは語り係に復権したかった。だが、現在の語り係——秋穂はリリィから強い信頼を得ている。強引に秋穂を失脚させるような手を打つのも悪手だろう。外に世創部という敵がいる今、内輪もめを大きくするわけにもいかない。

「ま、でもいいよ」

シモンが口ごもっていると、童乱がふっと笑って言った。

「明日は戦ってあげる。白猫は、仇《かたき》みたいなものだから」

ため息を吐いて、シモンは考える。

——白猫と童乱では、さすがに白猫が上だ。

だからふたりを、まともにぶつけ合うわけにはいかない。

「動き方は、こちらから指示を」

「まだそんな悠長なこと言ってんの？　たぶん私には、好きにやらせた方がお得だと思うんだけどな」

「でも、やってくれるでしょう？」

「まあね」

童乱。彼女はかつて、平穏な国第一部隊のナンバー2——高路木の右腕だった。

高路木によって育てられた彼女は、白猫に対して強い恨みを持つはずだ。口先では、なんと言おうが。

——童乱もまた、扱いやすいカードではない。

けれど香屋歩やユーリイよりはましだ。

彼女を中心に、このチームを立て直す。その上で月生を手に入れれば、架見崎の覇権は平穏な国のものだ。

4

コッチ。コッチ。コッチ。

トーマは胸の中で、その名前を三回、唱える。

ユーリイが火種としてコッチを選んだのは、絶妙だ。コッチを殺せば、まず間違いなく白猫が動くだろう。それに。実のところ、トーマ自身も、コッチというプレイヤーを蔑《ないがし》ろにはできない。

コッチ自身に思い入れがある、というのとは、少し違う。けれどトーマと彼は、まったくの無関係というわけでもない。トーマはコッチにこう告げたことがある。

――君は守るよ。必ず。

その言葉と、あのときの罪悪感を忘れられないから、やっぱりコッチはトーマにとって特別なプレイヤーのひとりだ。

三一日――香屋との約束の日。

その一五時に、トーマは王座に腰を下ろしていた。

かつてPORTが本拠地としていた、シティホテルの一室だ。会議用の大きな円形テーブルの、入口からみていちばん奥。架見崎の覇者にもっとも近い者が座る席で、軽く足を組んでいる。かつてこの席に座っていたユーリイのことを考えた。それから、当時のPORTで円卓を埋めていた面々のことを。

――あのチームに比べれば、うちはまだ、多少の見劣りがする。

けれど完敗ってほどでもない。トーマの左手には白猫が座る。それから順に、黒猫《くろねこ》、ウーノ、太刀町《たちまち》。対して右手には紫が座る。さらにコゲ、パン、パラポネラ。

左右どちらからカウントしても五人目――トーマの正面にいるのは、ずいぶん小柄な男だった。

ファイブ。彼は用意された椅子《いす》に腰も下ろさず、緊張した面持ちで言った。

「コッチはたしかに、頼りになる奴《やつ》じゃないかもしれません。あいつがうちに加わったところで、別に——。一度はチームを裏切ったんだから、信用もないんでしょう。でも、そう悪い奴でもないんだ。オレはまだ、あいつを友達だと思ってるんです」

トーマは今回の件を、チーム内ではこんな風に説明している。

——平穏な国に合流したユーリイ派が、うちとの戦争を望んでいる。ユーリイはうちを挑発するために、手元に残したコッチを拷問《ごうもん》にかけ、殺すつもりだ。

拷問という部分は脚色だ。実際は、あちらは「事故死した」とでも言い張るつもりなのではないかという気がする。でも、大枠は真実だろう。

この件に関して、トーマはまず白猫に相談し、白猫は黒猫に判断を一任した。なぜならかつてミケ帝国にいたコッチの裏切りの、最大の被害者が黒猫だからだ。あのときコッチは——おそらくはそうと知らないまま——能力によって爆弾化したコインをミケ帝国の領土に持ち込んだ。黒猫はその爆発によって命を落とし、パンの能力で生き返った。

黒猫は、重要な参考人として、ファイブを円卓に呼び出した。

——裏切者のために戦う理由はない。もしコッチを救いたいのなら、お前の言葉で私たちを説得してみせろ。

と、いう筋書きだ。

ここまではみんなトーマの脚本通りだが、その脚本を知っているのは黒猫とコゲだけだ。

もちろんファイブも裏側の脚本を知らず、一所懸命に思いを語る。

「友達が死ぬって話を、放っておけねぇよ。架見崎はキツい場所です。いつ死ぬんだかわからねぇ。今から二時間後に戦争が始まって、オレも前線に立ってるかもしれねぇ。それは仕方がないことです。だからオレは、ずっと戦う理由を求めてきました。チームのためだったり、リーダーのためだったり、今夜の飯のためだったり。その中に、友達のためって理由が入っちゃいけないわけがないでしょう？　コッチを見殺しにするなら、オレはもうこのチームを信用できない」

トーマがちらりと黒猫に目をむけると、彼女の方もこちらをみていた。

ふっと息を吐いて、トーマは口を開く。

「コッチは、このチームに勧誘したことがあるよ」

嘘《うそ》ではない。一七日もかけて、当時エデンにいた二二一人と話をした。コッチもその中のひとりだった。トーマは続ける。

「彼はうちに加わりたがっていた。もちろん黒猫さんや白猫さん――ミケ帝国のみんなが彼を許すなら、というのが前提だけど、オレもコッチを迎え入れたいと思っていた」

「じゃあ――」

ファイブの言葉を、トーマは軽く手を上げて遮る。

「でもね。実際にはコッチはまだ、うちの人間じゃない。彼のために、このチームのメンバーを危険に晒《さら》すことはできない」

ファイブが顔をしかめる。かわいそうに、奥歯を噛《か》み締めている。

トーマはまっすぐ、ファイブをみつめる。

「オレがチームを動かすなら、それは君のためだよ。ファイブ。なぜならオレは、こう約束しているからだ。——このチームのメンバー全員の望みを叶《かな》えてみせる、と」

ファイブは、笑いもしなかったし、喜びもしなかった。軽く口を開き、放心した様子でこちらをみつめていた。

トーマは彼に問いかける。

「今日これから始まる戦いで、もしも誰かが死んだなら、誰の責任だ？」

茫然《ぼうぜん》とした顔つきのまま、ファイブが答える。

「それは、オレです」

トーマは強く首を振る。

「いいや。オレだ。なぜなら、このチームのリーダーはオレだからだ。君の罪は、なお重い。オレに人殺しの罪を背負わせるのだから。それでも、ファイブ。君は、友人のために戦いを望むのか？」

緊張からだろうか、ファイブはわずかに目を潤《うる》ませ、眉を寄せる。彼の胸にも迷いがある。トーマはほんのわずかだけ口元を緩めてみせる。彼の言葉を誘導するために。

ファイブが答えた。

「はい。オレは、戦います」

すでに疲れ切った、けれど目には強い力がある、なかなか良い顔つきだ。

——まあ、一〇〇点とはいえないけれど。

こんなところだろう。戦いに、ゴーの合図を出す言い訳としては。

トーマは内心で、少しだけ安心していた。これで、コッチが死なずに済むことに。とりあえず、かつて彼に告げた言葉を守れることに。けれどその安心が気持ち悪くもあった。

もしも架見崎が、現実だったなら。

——私に、安心している余裕なんてなかっただろう。

どんな理由があれ、戦争なんて始めたくないんだと、深く深く悩み込んでいただろう。それでもコッチが死ぬのも怖《おそ》ろしくて、なにも決められなくて。きっと世界平和創造部というチームのリーダーでいることもできなかった。投げ出して、逃げ出して、膝《ひざ》を抱えて震えていた。

秋穂の言葉が、頭の中で反響する。

——部外者が、私たちの話に首を突っ込まないでください。

まったく。的確に、胸を抉《えぐ》ってくれるものだ。

トーマは、八つ当たりのようにファイブを睨《にら》みつけていた視線を、自身のすぐ左隣に移す。

「白猫さん」

名を呼んでも、彼女は答えなかった。眠たげな顔つきで頬杖《ほおづえ》をついたまま、ちらりと視線をこちらに向けた。

「貴女の配下にファイブをつける。オレのために、戦って欲しい」

白猫は、のんびりとした口調で言った。

「かまわないよ。ユーリイとは、以前引き分けている。いつか続きをしたいなと思っていたんだ」

けれど白猫の敵は、ユーリイではない。

なぜなら。

「では、白猫さん。貴女に七〇万のポイントを預けよう。ぜひ、オレの友人たちが、ひとりも死なない戦いを」

テーブルに着く何人かが息を呑む。

だがこれは、計画されていたことだ。かつてのミケ帝国の切り札だった、白猫へのポイントの集中。そこに信頼さえあれば、架見崎の絶対的な最善手。トーマはすでにこの準備のため、前回のループ時に、一時的に白猫にポイントを集めて彼女の強化《ブースト》の上限を大幅に上げている。

――このカードを切れば、あちらのカードは一枚だけ。

月生。未《いま》だに最強のアイコンであり続ける、架見崎の伝説。

この戦いは、共に七〇万ポイントを超える白猫と月生がぶつかるところから始まる。

## 5

香屋歩は、架見崎の空を見上げる。

夕暮れになる前の、深い色合いの空だ。もう見飽きた青い空。ただ綺麗《きれい》で、ただ純粋で、ただ輝いている。代り映えしない空。

そんなものを、みていたいわけではなかった。けれど、他に、みるべきものもない。だから香屋は仕方なく、つまらない空を見上げている。

小さな公園の、ペンキが剝《は》げたベンチだ。

隣――あいだにひとりぶんくらいの距離を開けて座った月生が言う。

「幼いころは、喘息《ぜんそく》があったんです。それほどひどかったわけでもないんですが」

香屋は視線を、空から月生に移す。

彼は、ただ空白を埋めるための世間話のように続ける。

「体調を崩したときなんかに、喘息の発作がでる。すると、息ができなくなる。実際には、多少は空気を吸えているはずですが、ずっと酸素が足りなくて苦しいんです。身体はつらいけれど、起きていた方がまだしも呼吸できる気がして、じっとベッドの上に座っている。いつか発作が収まると信じて、浅い呼吸を繰り返す」

香屋は、幼い月生の姿を想像する。

けれどそれは上手《うま》くいかなかった。架見崎の最強としての月生が、喘息の発作で苦しむベッドの上の少年と、上手く結びつかなかった。

月生は、漠然とどこか前方をみたまま、苦笑した。

「成長すると、喘息の発作は起こらなくなりました。けれど今もまだ、夢をみることがあります。喘息の発作の夢。息を吸えない苦しさの中で、じっと耐えている夢。普段はとくに意識していませんが、この身体が覚えているトラウマのようなものなんでしょうね」

香屋は、なんだか怯《おび》えながら尋ねる。

「生きたいと、思いましたか？」

その、喘息の発作の夢で。

「いえ。ただ、苦しみから解放されたいだけですよ。——死ぬことを、リアルに想像するのは難しい」

「そっか」

そういうものなのか。どれほど苦しくても。

月生が、膝の上で頬杖をつく。

「なぜＡＩである私が、喘息の苦しみなんてものを知っている必要があるんでしょうね。本当は、呼吸さえしていないのに」

もともとのアポリアは、優秀なＡＩを作りたかったわけではないのだろう。なにかに特化したＡＩも、効率的に処理をこなすＡＩも求めていなかった。ただ「世界」を仮想現実上に再現したいだけで、そこには人の視点からみて不要なものも、世界を構成する重要な要素として含まれる。

けれど月生の言葉の主題は、そんなことじゃないんだろう。

香屋は尋ねる。

「息を吸えて、嬉《うれ》しかったですか？」

「うん？」

「喘息の夢から目覚めて、そのあと」

ふっと、枯葉が落ちるように、月生は笑う。

「嬉しいというか、安心しました」

「なら、その夢は、きっと無意味じゃない」

深く息を吸う。それだけのことに、安心できるなら。

月生はスーツのポケットから端末を取り出し、画面に視線を落とす。

「もうすぐ、時間ですね」

世界平和創造部は、午後三時三〇分に、平穏な国に対して宣戦布告をした。

開戦は午後五時三〇分。現在の時刻は、そろそろ午後五時になるところだ。

――この戦いは、月生さんと白猫さんがぶつかるところから始まる。

こちらもあちらも、それを知っている。

「指示は？」

そう、月生が言った。

世創部はおよそ七〇万ものポイントを白猫に集めた。平穏側がそれに対抗するには、月生に頼るしかなかった。ユーリイが平穏に合流したときに差し出した五〇万Pでは足りず、国庫を開くような形でさらに二〇万P余り。

月生は現在、合計七二万六〇〇〇P――強化《ブースト》七一万二〇〇〇P、検索《サーチ》一万四〇〇〇Pの、「架見崎最強」と呼ばれた彼の性能を取り戻している。

対して白猫は、正確には七一万三五〇〇〇Pの純粋な強化士《ブースター》。強化《ブースト》だけをみれば、一五〇〇Pだけ月生を上回る。

共に七〇万を超える強化士《ブースター》の戦いを、香屋は想像しきれない。そして手の出しようがない、怪物と怪物の戦い。そんなものに、アイデアも作戦もない。そしてそれは、あちらも同じだろう。

トーマは、七〇万Pの白猫が架見崎の最強だと信じた。

香屋は、七〇万Pの月生が架見崎の最強だと信じている。

顔をしかめて黙り込んでいると、月生が立ち上がる。彼は香屋の前に立ち、苦笑するように微笑んだ。

「リーダー。貴方の言葉を聞きたい」

現在、香屋歩は「平穏な国第一部隊リーダー」を名乗っている。

けれど月生が言った、リーダーという言葉の意味は、そこではないような気がした。

もうすでに架見崎にはない弱小チーム、キネマ倶楽部。そのチームの最後のリーダーが香屋歩で、最後に加わったチームメンバーが月生だった。

キネマ倶楽部のリーダーの指示は、いつも同じだったと聞いている。

——逃げろ。生き延びろ。

けれど香屋は、「逃げろ」とは言わなかった。

月生というプレイヤーが、架見崎で最強だと信じているから。

「月生さん。生きて。いつまでも」

彼は眼鏡の向こうの生真面目《きまじめ》な瞳《ひとみ》でこちらをみつめる。

「なんのために？」

その質問を、月生はどんな意図で口にしたのだろう。

なんにせよそれは、香屋が愛するあのアニメの台詞の再現だった。

——生きろ。

とウォーターが言う。

——なんのために？

と誰かが尋ねる。

あのヒーローの答えは、いつも同じだ。

——そんなこともわからないまま、死ぬんじゃない。

けれど、香屋は、そうは答えなかった。

もっと格好悪く、もっと愚直に、もっと純情に。

シンプルな本心を口にする。

「貴方に、幸せになって欲しいから」

本当に。本当に。本心で。

でも。

――なら、この人が戦場に立つことを、望むなよ。

僕は矛盾している。僕は思考が足りない。僕は愚かだ。僕は――

「わかりました」

月生はもう、笑わなかった。

生真面目に頷いて、それから軽く、眼鏡を押し上げた。

「私のリーダーが、貴方でよかった」

月生が、香屋歩に背を向けた。

＊

その少年は、壮絶な顔をしていた。

死地に追い込まれたように。目を見開き、歯を食いしばり、全身を震わせて。まるで彼自身が、これから命がけの戦場に立つようだった。昼下がりから夕刻へと向かう時間の、静かな公園のベンチには似合わない顔。

――だから私は、この少年のために戦いたい。

月生は素直にそう思う。

こちらの死を予感して、そのことに苦しむ少年を、あまり悲しませたくはない。

実のところ月生は、香屋にかつてのリーダーの話をするつもりだった。クリシェという名の、七月に月生が所属していたチームのリーダーの話を。

けれど少年の隣にいると、そんな気持ちもなくなった。

――架見崎において、最高のリーダーは誰だろう？

それは、ウォーターなのかもしれない。ユーリイなのかもしれない。リリィも、ある意味では、非常に優れたリーダーなのだろう。けれど。

――香屋歩が、私のリーダーでよかった。

この、生きることに不器用な、だからこそ誠実な少年が、私のリーダーで。

月生は歩き出す。

本来は、そうであってはならないのだろう。つまり、生命のイドラというものを、本心から探すのであれば。けれど。

月生もまた、この少年の幸せを願っている。

架見崎という場所においては、ただそれだけで、命をかけるのに充分な理由になるような気がした。

# 第二話　名前のないチーム

*I*

午後五時三〇分——八月の夕暮れには、まだ少し早い時間。

月生《げっしょう》は、片側三車線の幹線道路の広い交差点の真ん中に、ひとり立っていた。

他には誰もいない。車も走っていない。どの色も光らない信号機は、それだけで死骸《しがい》のようにみえる。アスファルトは、古い戦いの跡だろう、いくつかの亀裂《きれつ》が入っている。その亀裂からのびる、名も知らない草だけに生命を感じる。けれどその草さえもデータで演算されたものでしかなく、同じ三一日間のループを繰り返している。

月生は自身の検索《サーチ》で、白猫《しろねこ》の居場所を摑《つか》んでいた。

現在地——平穏な国の領土内では南方に位置するこの交差点から、東南東に二キロ。かつてはPORTがあった土地の背の高いホテルの屋上だ。

その、二キロという距離に取り立てて意味がないことを、月生は知っていた。

開戦まで一〇秒になったところで、端末から顔を上げる。

空は、まだ眩《まぶ》しい。九秒。雲がずいぶん低い位置を流れている。八秒。ごく緩やかな風が、西から吹いている。七秒。目を凝らせば、遠方のビルの上の白猫がみえるような気がした。六秒。軽く、目を閉じる。五秒。ふうと息を吐く。四秒。足を肩幅に開き、遠方の白猫に対して半身になる。三秒。目を開き、眼鏡の位置を直す。二秒。強化《ブースト》を起動し、端末をスーツのポケットに落とす。一秒。

「さて」

そう、月生は呟《つぶや》いた。

攻撃に備え、右腕を顔の前に上げる。

開戦の合図は、巨大な爆発だった。それを音として知覚する前に、衝撃が身体《からだ》の左半分を叩《たた》く。みれば白猫の右足がアスファルトにめり込み、そこを砕いていた。

二キロ遠方からまっすぐに飛来した白猫の攻撃を、回避したわけではなかった。

——光を避けることなどできないのだ。

と、月生は考える。

ただ、彼女が狙《ねら》いを外した。

七〇万という膨大なポイントに慣れるには、白猫でさえ多少の時間がかかる。

多少。七秒か、八秒か。

——白猫さん。おそらく七秒後、貴女《あなた》は架見崎《かみさき》で誰よりも強い。

けれど、七秒。それは、このレベルの強化士同士《ブースター》の戦いにおいては間延びしている。無数の致命的な攻撃を加えられる時間だ。

――だから、今はまだ、私が勝つ。

白猫がアスファルトを踏み抜いた衝撃で、月生の足元も崩れつつあった。極度に高速化《ブースト》した意識では液体に走る波紋のようにみえるアスファルトの崩壊を踏みつけて、月生は白猫に肉薄する。白猫はこちらの動きを理解している。けれどその身体は、まだ二キロをひと跳びで移動した慣性に捕らわれている。

月生の拳《こぶし》が、白猫の頬《ほお》に迫る。ヒットの直前、彼女はしゃがみ込んでその拳を回避する。白猫の回避行動は攻撃に直結する。足元を薙《な》ぎ払うような蹴《け》り。月生はさらに一歩踏み込み、脛《すね》で白猫の太ももを押さえ込むようにそれを止める。

一瞬、白猫と目が合ったような気がした。

彼女の口元は、たしかに笑っていた。――なんだか、寂しそうに。

月生がもう一方の足で蹴り上げ、白猫が吹き飛ぶ。

＊

――ふたりの戦いを観測できるのは、私だけなのだ。

テスカトリポカには、その自負があった。

イドがいない架見崎において、最高の検索士《サーチャー》は自分なのだから。

けれど、開戦間もなく。一秒の一〇分の一ほどのわずかな時間で、それが自惚《うぬぼ》れだったのだと理解した。

テスカトリポカの検索《サーチ》でも、ふたりの動きを追うことはできない。

世創部のホテルの屋上から飛来した白猫は、月生が立つ平穏な国南部に巨大なクレーターを穿《うが》った。けれど同時に、白猫の方が吹き飛んだ。そのあいだにどんな攻防があったのか、テスカトリポカにもわからない。

――月生の補助《サポート》を。

と、ユーリイから指示を受けている。

でも。

――私はこの戦いに、手を出せるだろうか？

そんなこと、できるはずがないのだ。

あれはもう――月生も白猫もどちらももう、人智の及ぶところにいない。

テスカトリポカは、そう受け入れつつあった。

＊

――ああ。私は、これを知っている。

そう考えて、白猫は笑う。

月生。架見崎において、最強のアイコン。

　実のところ白猫は、強さというものにそれほど興味があるわけではなかった。自身が最強になりたいとも、最強を打ち倒したいとも思わなかった。けれど、それに反して、最強と戦ってみたいという欲求はずっと胸の内にあった。

　白猫は美しいものを愛している。

　なのに不思議と、絵画だとか、音楽だとか、詩や歌だとかには美を感じない。好むのはもっぱら自然だった。空や木や草や風や雨だった。それから、鳥が飛ぶ姿や、駆ける猫の足運びだった。

　――私は、人間があんまり好きではないのかもしれないな。

　そんな風に考えていたころもあったが、違う。

　人というのは、美しい。

　ただ強い人が、なによりも美しい。

　だから白猫は強い人に出会いたい。想像を超えた拳と、視線と、吐息とに、背筋を震わせていたい。

　――月生。

　この男は、たしかに強い。

　けれど白猫は、その強さを知っていた。目にしたのはほんの一瞬だが、かつて白猫自身を打ち破った存在。ヘビ。月生はあれに似ていた。

　それは自然なことなのかもしれない。あのときヘビが操っていた肉体は、月生のものなのだから。同じ身体を最適に動かせば、どうしても形が似通うのだろう。月生の動きはヘビに肉薄しているともいえる。でも、超えてはいない。だから驚きはない。

――残念だな。

そう白猫は思う。

もしもあの、ヘビとの短い戦いがなければ、自分はもっと月生に感動していたのではないだろうか。もっと素直に、彼の美に震えていたのではないだろうか。

――月生。これが、君の限界か？

諦《あきら》めにも似た気持ちで、白猫は笑う。

＊

開戦の三秒後にはもう、架見崎が変質していた。

――ループが、明日でよかった。

そうトーマは考える。七〇万ポイント強化士《ブースター》ふたりの戦いは、あまりに被害が大きすぎる。

世創部の検索士《サーチャー》たちは、ふたりが今、どこで交戦しているのかも理解していないようだった。検索《サーチ》した次の瞬間には一キロも二キロも離れた場所にいるのだから仕方がない。あのふたりが正面から戦うには、架見崎の「五キロ四方」というリングは小さすぎる。

トーマは検索《サーチ》を、架見崎の被害状況に限定するよう指示を出していた。それによればす

でに、架見崎の建物のうち、二割近くが薙ぎ払われている。彼らがただ移動するだけで
――地に足をつけて一歩を踏み出すだけでそこが大破するのだから仕方がない。まだ綺麗《きれい》
な形で残っていたスーパーも、コンクリートがはげ落ちて鉄骨がみえていたビルも分け隔
てなく、架見崎が壊れていく。
街の震えが、ホテルの最上階にいるトーマのところまで届いていた。
振動。音。破壊音。それが連なり、連なり、ひとつの塊になって、この世界そのものが
身震いしているように感じる。
――こんなものに、手の出しようなんてないんだ。
それは戦いではなく、自然現象のように。
人々は、ただ手を合わせて祈ることしかできない。
――白猫さん。貴女は、架見崎の誰よりも強い。
根拠なんてない。けれど、そう信じている。
この戦いで月生を落とせば、あとは彼女とヘビがいる世創部の独壇場だ。

＊

月生は自分自身に、七秒という時間を与えた。
楽観的な見立てではなかったはずだ。
実際に、最初の三秒間、月生は一方的に白猫に攻撃を加えた。

蹴り飛ばした白猫を追いかけ、ビルに背をめり込ませた彼女を殴りつける。その拳は当然のように空を切る。正確には、ビルだけを薙ぎ払う。飛び出した白猫を追い、月生もビルの破片を蹴って宙へ。上空で白猫の足首を摑み、もう一方の手で殴りつける。白猫はこちらの拳に肘《ひじ》を当ててガードしている。左腕の肘だ。彼女がこの速度の戦いに慣れきっていたなら、月生の攻撃は綺麗に弾《はじ》かれていただろう。あるいはこちらの拳の方が砕けていても不思議はない。けれど白猫の精度が、まだ完全ではない。自身の速さに振り回されている。月生の拳が、彼女の左肘を砕く。

白猫はどうやら、その被害を想定していたようだった。続く動きに躊躇《ためら》いがない。こちらがつかんだ足を起点に、殴られた勢いを利用して宙で回転し、空いている方の足で蹴りつける。月生はその蹴りを肩で受け、さらに白猫を引き寄せる。彼女の足を折るつもりだった。けれど、さすがにそこまでの自由は許してくれない。間近に迫った白猫が、鋭利な爪《つめ》でこちらの胸を切り裂く。――傷は、浅い。だが回避のために、白猫の足を離す必要があった。

白猫の背が家屋の屋根にぶつかり、並ぶ家屋を次々に破壊しながら向こう側へと突き抜ける。月生はアスファルトに着地し、そこを蹴ってまた跳ぶ。白猫が吹き飛ばした家屋の破片は、まだ宙を上昇している。それが月生の移動で巻き起こった風で吹き飛ぶ。目の前に白猫がいた。軽いジャブを二発。一撃目が触れる前に、白猫はもう姿を消している。無益な二発目を空振りしながら身を捻《ひね》り、月生はまた彼女を追う。

　ふたりは架見崎に破壊をまき散らしながら移動する。

　けれど音速を超える月生の耳に、その音は届かない。風だけが鳴っている。

　純粋な速度では白猫が上。本来は、圧倒的に上だ。けれど彼女はまだその性能を使いこなせていない。動きが直線的で読みやすい。読めてしまえば、一対一の戦いにおいて、速度はそれほどの問題でもない。速さが生む最大のメリットは、一方的に選択肢を得ることなのだから。なにを選ぶかわかっている選択肢は脅威ではない。

　三秒のあいだに、月生と白猫は四度交わり、月生は三度、白猫は二度の有効打を打った。一撃の威力は拮抗《きっこう》している——純粋な力では月生だが、白猫は速度を攻撃力に変換する。一方、耐久力においては、月生が白猫を大きく上回る。

　このまま戦いが進めば、こちらが勝利するだろう。月生はそうわかっていた。

　けれどこのままでは戦いが終わらないことも、わかっていた。

　開戦から四秒目。白猫が足を止めた。

　彼女は半身になって両手をだらりと下ろし、じっとこちらをみつめている。

　——なるほど。それが貴女の、本来のスタンスか。

　以前、白猫とは、一度だけ手合わせしたことがある。彼女がまだミケ帝国のリーダーだった時代、学校の校庭だ。能力を使わないその戦いにおいて、白猫はすべての面で月生を上回っていた。

　それでも多少なりとも戦いになったのは、白猫が常に先手を取り続けたからだ。月生はあちらの攻撃に対応するだけでよかった。けれどあのときから、予感していた。

——白猫がもっとも強いのは、待って戦うときだろう。

後の先を狙う、カウンターに特化した戦闘スタイル。それが、なによりも彼女の速さを生かす。目の前の白猫は、ある意味では足を捨てたのだ。一撃の速さのために。

月生は迷わなかった。

ふっと息を吐き、地を蹴った。

まっすぐに白猫に迫る。まっすぐに殴り掛かる。まっすぐ。まっすぐ。最短距離をただ素直に。それだけを自身の肉体に命じる。月生の拳が空を切り、白猫の拳が月生の顎《あご》を捉《とら》えている。

——なるほど。

これは、当たらない。

そもそも白猫というのは、純化した強化士《ブースター》だ。その彼女が、目の前でさらに純粋に研ぎ澄まされた。こちらの一撃を回避し、同時に一撃を加える装置。なにかプログラムじみた、結果がわかりきっている、絶対的な現象。

——こんなものと、どう戦う？

月生の答えは明白だった。

戦場では、ひと時も悩むべきではない。はじめの自身の考えに従う。

月生は、七秒間を自分に与えていた。

その後ろ四秒間は、白猫の前で足を止め、空振りを繰り返し、一方的に殴られ続けることを選んだ。

＊

戦場が、動きを止めた。

超高速で移動しながら交戦していたふたりが、架見崎の中心地付近で足を止め、激しい殴り合いを始めた。

香屋《かや》はリャマからそう報告を受け、小刻みに足を動かした。

——月生さんが勝つ。

そう信じている。けれどこの信頼に、いったいどれほどの価値がある？

ただ信じて待つなんて、香屋のスタンスではなかった。香屋が自身に課す、臆病者《おくびょうもの》の姿ではなかった。本当に、できることはないのか。足掻《あが》きようもないのか。繰り返し考えたことをまた考える。答えは出ない。

——だから、この思考自体が無駄なんだ。

考えているようで、なにも考えていない。同じ場所で足踏みをしているだけ。でも今はこんな風に贅沢《ぜいたく》に、時間を無駄にする暇がない。

香屋は席を立つ。キネマの面々と会うときに使っている、喫茶店跡の席だった。

リャマが言った。

「どこにいくんだ？」

彼は先ほどから、自身の端末を接続したノートPCのキーボードを叩き続けている。今もそのモニターをみつめたままだった。

香屋は答える。

「月生さんが、勝ったあとに備えます」

月生対白猫。最強と最強の戦い。

それさえ、今日の架見崎においては、前哨戦《ぜんしょうせん》でしかない。必ず勝ちたい一戦ではあるけれど、そのすぐあとに、本戦が待っている。

——今日、僕たちはヘビを攻略する。

そのために、この戦いをはじめた。確実に何人もが死ぬ戦いを。

香屋が足を踏み出した直後に、リャマが奇妙な声を上げた。きっと、戦況が動いたのだろう。けれど香屋はそれを確認しなかった。

月生が勝つ。だから、次に備えなければならない。

香屋が喫茶店を出ると、まるで世界が欠けたような、巨大な破壊音が響いた。

＊

打つ。打つ。打つ。打つ。打つ。すべて躱《かわ》される。

そしてこちらが手を出すたびに、あちらの拳が的確にこちらを撃ち抜く。

並の強化士《ブースター》どころか、月生以外の誰であれ一撃で絶命する攻撃だ。けれど月生は痛みを感じもしなかった。それでも、自身の肉体が少しずつ壊れ、機能を失っていくことには自覚的だった。

――あと、二秒。

白猫はその精度を増し続ける。

七〇万というポイントに、彼女本来の動きを馴染《なじ》ませつつある。

天才だ。比肩《ひけん》する者のない。七月と八月の架見崎を体験した月生の目からみても、ひとりだけ圧倒的に飛び抜けた天才。すでに戦うことを極め切っているような彼女は、なのに瞬《また》く間に成長する。

一方で月生は、なにも変わらない。精度が落ちることはないが、高まることもない。もう自分自身は、「月生亘輝《こうき》」という存在の、限界値にいるのだろう。ここから先はなにもない、すでに努力しきった凡人。けれど。

空振りを繰り返し、一方的に殴られ続けながら、月生はカウントを進める。

――あと、一秒。

あと一秒間だけ、この目の前の天才よりも自分の方が強い。

なぜなら架見崎という戦場に、白猫よりもはるかに長く立ってきたから。

だから、開戦からここまで。六秒と少しもの圧倒的に長い時間、ただの一度もこの戦いは月生の想定を外れなかった。

　また、月生の拳が空を切る。白猫がしゃがみ込むようにしてそれを避け、真下から拳を突き上げる。その拳が月生の顎を捉えて、月生は一歩、後退する。抗いようがない、絶体絶命の後退。――今、月生の身体は無防備に、白猫という名の絶望に晒されている。

　その絶望は、すでに目の前にあった。白猫は予備動作を終え、こちらに拳を突き出していた。必中の致命的な攻撃。彼女の瞳《ひとみ》には、勝利を確信した飽きがにじむ。

　――ああ。私は、こうして死ぬ。

　逃れようなく命が絶たれることへの自動的な確信。その確信を、月生は求めていた。自身と同様に、戦場の美しい絶望が、勝利を確信するときを待っていた。

　月生は濃密な死の臭いと混じり合ったまま、渾身の拳を振り切る。

　――みんな知っているんだよ、八月生《ルーキー》まれ。

　自分の弱さも。絶望も。首筋に触れる死の温度も。どれも先月、体験している。

　ちょうど七秒。

　月生と白猫、双方の拳が、双方に命中した。

*2*

　ほんの一瞬、白猫は自身の居場所を見失った。

　なにか夢から目覚めたばかりのような、未《いま》だ古い記憶の中にいるような、ふんわりとした酩酊《めいてい》を覚えていた。だが、間もなく覚醒《かくせい》する。身体が宙を飛んでいる。

——月生。

こちらはカウンターに徹していた。

対してあちらは、確実にこちらが足を踏み出すシチュエーションを用意した。

月生が用いた餌《えさ》は、「この戦いの決定打」だ。あちらが後退して、こちらが追撃を加えた。その一撃で、月生の意識を奪えると確信して。

白猫にとっても速すぎるこの戦闘において、本能が「ここだ」と叫ぶ声を無視することなどできない。なぜならその声は、たしかに正しいのだから。事実、月生は追い詰められていて、演技ではなく致命的な隙が生まれたのだから。月生は、白猫が彼を「本当に上回る瞬間」を餌に使った。

じりじりと後退し、自身の敗北に踵《かかと》まで踏み出すようなチキンレース。

勝負が決する瞬間を狙った、劇的なカウンター。けれど。

——そこまでは、まあわかる。

白猫はその一撃を、なんとなくイメージしていた。彼があまりに簡単に殴らせてくれるから、おかしいなと思っていた。

イメージできなかったのは、彼の拳だ。

その、硬く正確な拳は、想像よりも速かった。

ほんの少し。二パーセントか、三パーセント。彼はこの戦闘中、初めから自身の速度を少しだけ抑えていた。

能力が関わらない戦いであれば、白猫はその違和感に気づいていただろう。あるいは、多少の経験がある、一〇万P同士の戦いくらいであれば。けれど白猫は、七〇万P強化士《ブースター》を知らなかった。月生の余力を読み取る手がかりがなかった。

結果、こちらの拳が先に触れるはずの一撃で、あちらの拳が先に触れた。

そして白猫は、情けなく宙を舞うことになった。

——月生。君は、素晴らしい。

白猫は宙で身を捻り、足からアスファルトに着地する。

顔を上げると、月生が、片膝《かたひざ》をついている。

白猫は、殴られた頬をなでて、ささやく。

「本当なら、私が負けていた」

独り言だ。返事は求めていなかった。

けれど月生が、ゆっくりと立ち上がりながら答える。

「いえ。私が読み違えていました。貴女の速さは、想定を超える」

「違うよ。私は、遅かった」

白猫はまだ、自分の足で立っている。

それが叶《かな》ったのは、月生の拳に対し、わずかに身を引けたからだ。それでいくらかダメージが軽減された。脳の芯《しん》までは衝撃が届かなかった。

そして、拳から身を引けたのは、月生という存在を見下していたからだ。

白猫は微笑《ほほえ》む。

「すまない。月生。私はまだ、君を殺したくなかった」

もう少しだけ月生が戦う姿をみたくって、決定打だと確信した一撃で、わずかに手を抜いてしまった。踏み込みが遅く、一撃に心が入っていなかった。

「もしも私が全力だったなら、きっと君が勝っていた。私はここに倒れたまま、もう立ち上がれはしなかった」

「なるほど。貴女には、まだそれだけの余裕があった」

「余裕じゃない。――月生。君は、綺麗だ。けれどその美しさに、私の方が気づけなかったんだ」

彼の素晴らしい一撃を、こちらが手を抜いたせいで、汚してしまった。

それは、なんてもったいないことだろう。おそらくこれまでの架見崎の戦いの中でも比肩するものがないほどに美しい一瞬が、白猫のせいで、幻になってしまったのだから。まるで、探し続けていた一輪の花を、知らぬ間に踏みつけていたような。

白猫はじっと月生をみつめる。

「さあ、続けよう。もう私に迷いはないよ。全力で君を打ち倒す」

月生は、眼鏡を押し上げようとしたようだった。

けれど彼の眼鏡は戦いのさなかにどこかに飛び、すでに鼻の上にはない。指先が空を切り、月生は苦笑した。

「困ったな。私にはもう、次の手がないものですから」

「戦っていれば思いつくさ」

「誰ひとりとして、貴女のような天才ではないのですよ。白猫さん」

「なら、戦いはもうおしまいか？」

それはなんだか、残念だ。せっかく背筋が震えてきたのに。

けれど月生は首を振る。

「いいえ、もちろん戦いましょう。私が貴女に勝つために」

「勝てると思うか？」

「さあ。けれど、勝たなければならない。ある少年が私の勝利を信じている」

ある少年――香屋歩《あゆむ》。

彼が「仲間の勝利を信じる」というのは、なんだか意外なような気がした。あれは常に負けた次の戦い方を考えているのだと思っていたから。

けれど、本当は、別に不思議なことでもないのかもしれない。

月生という存在に勝利を期待するのは、誰にとっても当然で、香屋であれその例外ではないのかもしれない。

「久しぶりですよ。目の前の敵を見上げるのは」

そうささやいて、月生が笑う。

＊

月生は考える。

――きっと、白猫はもう完成してしまったのだろう。

決定打となるべき一撃で、彼女を倒しきることができなかった。七〇万Pが身体に馴染んだ彼女の性能はすでにこちらを追い抜き、圧倒的な速度で差を広げていく。

――だからイメージ通りに戦っても、もう勝てない。

月生は自身のイメージを超える必要がある。けれど。

――人は、戦いの中では成長しない。

コンピューターゲームでは、戦いが終わると経験値が入り、レベルが上がったりする。あれは意外に現実に即した構造だ。たいていの人が成長するのは戦いの中ではなく、戦いのあとなのだ。敵と向かい合っているあいだはできることをやるだけだ。その、「できること」さえできないかもしれない。月生の考えでは、七割の力で目標を達成するための準備を努力と呼ぶ。

――私はこの天才に、勝てるつもりでいるのだろうか？

白猫が踏み込む。速度は開戦時から変わらない。いや。むしろ少し遅くなったようにさえ感じる。けれど的確だ。

腹を狙った彼女の拳を、月生は腕で受ける。他に選択肢が存在しない。目の前で白猫がくるりと回転し、月生の腕が下がったことで空いた側頭部に、踵が飛んでくる。――ボディブローから頭を狙った蹴りが、これほどスムーズに、ノータイムで繋《つな》がるものなのだろうか。なにか冗談のようでもあるが、笑う暇もない。

月生にできたのは、ふたつだけだった。

わずかに首をすくめること。それから、覚悟を決めること。

衝撃が側頭部を撃ち抜く。一瞬、視界にノイズが走ったような気がした。月生は拳を突き出す。白猫が月生の懐《ふところ》に潜り込み、真下から拳が飛んでくる。眉間《みけん》を狙った拳。月生は崩れ落ちるように――自分でも判断がつかなかったが、実際、側頭部を蹴られた影響で足に力が入らなかったのかもしれない――その拳に覆《おお》いかぶさる。彼女の拳が最速に達する前に、顔でその一撃を受ける。

――考えるな。

なんて、細い綱渡りだろう。

彼女の完璧《かんぺき》な一撃を受けたなら、月生は倒れるだろう。だから回避し続けるしかない。なのにただの一撃も、完全に避けることはできない。あちらが速すぎるのだ。すべての攻撃をガードすることも不可能だ。無数の決定打すべてをひとつずつ有効打に押し止《とど》める。そして、一撃ごとに、こちらの身体は性能を失っていく。

――考えるな。

白猫の、唯一《ゆいいつ》の欠点といえるのは、彼女の左手だった。運よく序盤の攻防で彼女の肘を砕くことができた。だから彼女の左手からは、まともな攻撃が飛んでこない。

けれど肉弾戦において、彼女は非常に賢い。腕が一本使えないその身体の最適解を、すでに知っているのだろう。月生は彼女の左側に回り込みたかったが、この速度差では、状況のなにもかもを彼女が支配する。今だ、と感じる瞬間はそのすべてが撒《ま》き餌《え》だろう。白猫は左腕に抱えた欠点さえ戦いに組み込む。

――考えるな。

月生は自身に条件を課す。この戦いの新たな達成目標を。それは一秒でも、その万分の一の時間でも長く自身の両足で戦場に立ち続けることだ。できる限り長く戦い、再び、決定的な一瞬を作る。けれどそこへと至る道は、実在するのだろうか？

――考えるな。

思考は無意味だ、と感じていた。

白猫が速すぎるから。ある瞬間にアイデアを思いついたとして、もう次の瞬間には状況が変わっている。

思考は無意味だ。考えるな。けれど。

――考えるなと、考えるな。

それでもなお考え続けなければならないのだ。

格上との戦い。援軍も望めない――架見崎に、七〇万Pを持つ白猫の前に立てる者などまずいない。この状況で、夢にも理想にもすがらず、ただリアルに戦うなら、考え続けなければならない。すべての選択肢が等しく最悪に繋がるとしても、さらにその選択肢を外れる分岐を探し続けなければならない。

――別に特別なことじゃないだろう？

そう自分に言い聞かせる。

いつだって、戦いなんて、そんなものだ。なにを選んでもゴミのような馬鹿《ばか》げた選択肢の中から、まだましなひとつを選び続ける。その「まだまし」さえないなら、新たな選択肢を探さなければならない。絶望を抱きながら希望とも呼べないような細い糸を手繰る。

戦いなんて、いつだって、そんなものだ。

闇雲《やみくも》に繰り出した月生の拳と、白猫の拳がぶつかる。

肉と肉、骨と骨の衝突とは思えない、異様に甲高い音が鳴る。

弾かれたのは月生の拳だった。月生の腕はまだ伸び切る前で、白猫の拳はすでに最速に達しつつあったから。

それでも、白猫の拳が砕けても不思議はなかった。耐久力では圧倒的にこちらが上なのだ。なんであれ、ふたつの物質がぶつかり合ったなら、より硬い方が脆《もろ》い方を砕いても別によかった。けれど彼女は、平然と次の拳を繰り出す。きっと狙って拳と拳をぶつけた。タイミングと着弾点とが完璧であれば、こちらにばかりダメージを押し付けられると知っていて。

殴られ、地を転がり、月生はまた立ち上がる。

目の前にはすでに白猫がいる。

――ああ。なんて。

なんて苦しいのだろう。戦うことは。

そう考えて、月生は笑う。表情まで笑えたのかわからない。けれど、感情ではたしかに笑う。

すでに月生は、生きる意味を探してはいなかった。

目の前の怪物を打ち倒す方法だけを、探し続けていた。

＊

昨夜のことだ。リャマは香屋と、それなりに長く込み入った話をした。

その終わりの方で、こう尋ねられた。

――月生さんと白猫さんの戦い、どれくらい検索《サーチ》できますか？

ほぼゼロだよとリャマは答えた。

超高レベル強化士《ブースター》同士の戦いは、人智を超える。純粋に速すぎる。だから並の検索士《サーチャー》では――というか、架見崎のすべての検索士《サーチャー》が、あのふたりの戦いについていけない。

だいたい、なにを検索《サーチ》したところで、七〇万P強化士《ブースター》同士の戦いなんてものに手出しできるはずがない。なら、検索《サーチ》するだけ無駄だ。最終的にどちらが勝ったのか、結果だけを拾えばいい。

こう考えるのが、理性的な判断だとわかっていた。わざわざぐだぐだと説明するまでもなく、香屋にだってわかっていることだろう。

なのにあいつは食い下がった。

——ほぼゼロ？

有意義な検索《サーチ》にはならないってことだよ。

——でも、まったくゼロではないんですよね？

そりゃまあ、机上の空論レベルじゃ、やれることはなくもない。

——たとえば？

そこでリャマは、「並列検索」の説明をした。

並列検索は、検索《サーチ》の裏技——というか、試行錯誤の末に生まれた脇道《わきみち》みたいなものだ。

そしてその脇道は、だいたいの場合は袋小路《ふくろこうじ》に繋がっていたから、現在ではまず使われない。

けれど香屋は、リャマの説明になんらかの可能性を感じたようだった。

——その並列検索っていうの、ぜひやってみてください。

たぶん意味ねぇぞ？

——それでも。

オッケー、とリャマは雑に答えた。どうせ他にすることもない。

それに、この手の悪足掻きはリャマも望むところだ。理由はただひとつ。「だって、気になるから」。具体的な利益はない。それでも月生と白猫の戦いが、気にならないわけがない。好奇心を満たすためだけに、リャマは香屋の指示を受け入れた。

それに一応、舞台は整っている。

前のループの頭、検索士《サーチャー》たちの掲示板に、奇妙な書き込みがあった。

――What do you want
あれにはほんのささやかな副産物があった。チームの数が劇的に減り、もうほとんどその役割を終えつつあった掲示板が、多少の活気を取り戻したのだ。


そして開戦の、およそ一時間前。

リャマは掲示板に、こう書き込んだ。

――神々の戦いを並列検索してみる会のお誘い。

並列検索は、あまり一般的ではない。まずまずベテランの検索士《サーチャー》であれば、名前くらいは知っているだろうが、詳細な方法論まで語れる奴《やつ》はほぼゼロだ。

実際、掲示板にも、間もなくそういったレスポンスがあった。

――並列検索なんて、誰にできんの？

リャマはためらいなく答えた。

――オレはできる。

なぜならキネマ倶楽部《くらぶ》時代の銀縁《ぎんぶち》が、並列検索を好んで用いていたからだ。それは、弱いチームが検索《サーチ》の精度を上げるための技術だった。

たとえば三〇〇〇P程度の検索士《サーチャー》が何人いたところで、一〇万Pの強化士《ブースター》ひとりを検索《サーチ》することは難しい。情報を追いきれないからだ。そこで、一〇万Pの強化士《ブースター》の情報を分割する。ある者は「音」を、ある者は「位置」を、ある者は「能力の使用回数の変動」を集中して調べる。そして代表となる検索士《サーチャー》がそれらの情報を統合し——たいていは協力者たちの検索《サーチ》結果に対してさらに検索《サーチ》をかけて情報を奪い取り——正確な「一〇万P強化士《ブースター》の実像」を導き出す。

要点はふたつ。

ひとつ目は「どう情報を拾うのか？」。つまり並列検索を開始する前から、「どの情報が重要で、どの情報は軽視するのか」を決めておく必要がある。

ふたつ目は「どう情報を統合するのか？」。実際に並列検索を始めてみると、異なる検索士《サーチャー》から、まったく矛盾するようなデータが上がってくることもある。それが本当に矛盾しているのか、あるいは無矛盾に成立するなにかを見落としているのか。本当に矛盾していたとして、データAが間違っているのか、データBが間違っているのか、両方が誤りなのか。それらを経験で判断し、すべての情報をできる限り綺麗につなぎ直さなければならない。

リャマが想定する、月生対白猫戦の並列検索の、具体的な方法はこうだった。

——拾う情報は「熱」に集中する。熱ってのは、光より音より変化が遅い。痕跡《こんせき》が残りやすいから、後追いが容易だ。コンマ五秒ごとに担当者がふたりずつ、それぞれ五秒かけて検索《サーチ》すりゃ、まともな検索士《サーチャー》二〇人でローテーションを組める計算だよ。

リャマの書き込みに、どこかの誰か——匿名《とくめい》の検索士《サーチャー》が反応する。

——能力の使用痕跡はスルー？

たいてい、検索《サーチ》に求められるのは能力の使用状況だ。けれど、すぐにまた別の誰かが反応した。

——あいつら、どうせ強化《ブースト》しか使わねぇだろ。

そう。その意味では、月生と白猫の検索《サーチ》はまだしも容易だ。別の部分——主に速度で難度が爆発的に上がっているから、切れるものは切った方がいい。

掲示板には、瞬く間に様々なコメントがつき、あちこちで議論が始まった。

——熱より音がよくない？　架見崎はたった五キロ四方のリングだ。検索士《サーチャー》二〇人使うなら、その外周沿いに二〇個の観測点を置く感じで音を拾えば、あいつらがどこに移動しようが後追い検索《サーチ》できる。

——いや、音は脆いだろ。別の振動で掻き消える。

——だから、周囲の全音拾えば、どこでどう音が変化するのかもだいたいわかんだろ。

その議論に、リャマがコメントをつける。

——あいつら軽く音速超えるからな。逆算がバグる。ひとつのデータから複数の過程を想定できる。

別の誰かが、リャマに問いかけた。

――熱だって混ざんない？

――もちろん混ざるが、冷めはしないだろ。変化が高温になる一択だから、データを読みやすいよ。

――地形変化は？　いちばん検索《サーチ》しやすいでしょ。

――むろん欲しい。手があまったら、架見崎の壊れ方を追って欲しい。

――つまりいるのは、架見崎中の熱変化の詳細データと、物質破壊のざっくりデータ？

――相手は馬鹿げた強化士《ブースター》一本伸ばしだからな。それだけありゃ、まあだいたい抜けるでしょ。

リャマが返信を続けるあいだにも、新たな書き込みがついている。

他人事《ひとごと》のように、リャマは考える。

誰もが、月生対白猫に注目している。そんなもの、当たり前に、誰も無関心ではいられない。けれど平穏な国も世界平和創造部も、その戦いに「有効な手の出し方」をみつけられていない。だから検索士《サーチャー》たちの手が余る。

さて検索士《サーチャー》というのは、暇があればデータを漁《あさ》る生き物だ。まず初めに戦うための能力リストをみせられて、壊すでもなく守るでもなく、ただ情報収集するだけの能力を選ぶような連中なのだから。職人気質、オタク気質、言い回しはなんでも良いけれど、多くがじめっと湿った粘着質な好奇心で生きている。

結果、開戦の前に掲示板に集まった検索士《サーチャー》の人数は、三〇人を超えていた。身元を明かさない「匿名希望」の彼ら彼女らは、その人数をみれば間違いなく、平穏な国と世創部の両方から参加している。

月生と白猫の戦いは、限定的なシチュエーションにおいてではあるものの、チームの垣根を越えた。ごく自然に、まるで当たり前のように。


そして、今――開戦から三〇秒。

リャマは大量に流れ込む情報を、ひたすら無心に繋ぐ。

思考はいらない。自分もいらない。っていうかそんなもん、開戦前にすでに用意している。リャマという変換プログラムを無数のデータが通過していく。

派手な音をまき散らすばかりですべてが未知だった月生と白猫の戦いが、立体的に立ち上がる。そのデータは常軌を逸していた。一歩の速度、一撃の威力。すべてがまったくまともじゃない。小学生が考えた「ぼくの最強の怪獣」が一兆度の熱光線を放っているようなものだ。リアリティなんてどこにもない。

現実から、およそ八秒遅れで再現されていくふたりの戦いをみて、リャマはふたつのことに気づく。

ひとつ目。

――ふたりの戦いは、白猫に有利だ。

きっと。まずまず一方的に。

その戦いの変遷《へんせん》はチェスに似ている。序盤は拮抗《きっこう》しているが、あるポイントで崩れる。一度、差がついてしまえば、勝っている方がその差を保ったままチェックメイトまでゲームを進めるのはそう難しくない。引き分けを繰り返していれば共に戦力が目減りしてゲームセットに近づく、持ち駒《ごま》のないボードゲームに似た推移。

けれど、この戦いには「持ち駒」がある。

ふたつ目。

――平穏と世創部の戦いじゃ、ちょっとだけ平穏に有利な目がある。

平穏というか、テスカトリポカ。あいつが手を貸すチーム。

問題は。

――ミスったな。好奇心に従いすぎた。

チームの垣根を越えた検索士《サーチャー》たちの並列検索。けれど、もちろん有効な検索《サーチ》結果が手に入れば、それは互いのチームに共有される。

リャマは多少の後ろ暗さを感じながら、並列検索のデータの統合結果を恣意《しい》的に改竄《かいざん》した。けれど、少し、遅すぎたかもしれない。

＊

そのころ、コゲもまた同じ可能性に気づいていた。

なぜならコゲも、リャマが主催する並列検索に参加していたからだ。

戦況のデータをみつめながらささやく。

「白猫さんには、負け筋がある」

これにウォーターが反応する。

「そりゃ、相手はあの月生だからね。必勝だとは思ってないよ」

「いえ」

そういうことではない。

ウォーターでさえ白猫を理解していない。

「本来、必勝なのです。白猫という存在が、同程度のポイントを持ち、純粋な強化士《ブースター》と戦うなんてシチュエーションは」

もしもだとか、万が一だとかは存在しない。必ず、勝つ。ミケ帝国の出身であれば誰もが知っていることだ。それは妄信ではない。信頼でさえない。ただの事実だ。

ウォーターがコゲに目を向けた。

「じゃあ、どういうこと？」

「強化《ブースト》には効果時間があります」

初期の取得時点で三分間。この効果時間を延ばす強化士《ブースター》は少ない。戦闘において三分というのは意外に長い。この時間を超える戦いは、正面からぶつかり合うような状況ではない。互いに相手の出方をうかがっているか、ゲリラ戦で身を隠している。あるいは一度、交戦したのちに、どちらか一方が逃げ出してもう一方が追いかけている。こういった状況ばかりで、強化《ブースト》を再使用する余裕くらいはある。

とはいえ月生は、さすがにそのままというわけではなかった。一度の強化《ブースト》の効果時間を、五分まで延ばしている。

ウォーターが反論する。

「けれど、条件は白猫さんも同じでしょ？」

その通りだ。

白猫の強化《ブースト》の効果時間も五分に設定されている。だが。

「おそらくテスカトリポカは、他者の能力の効果時間を延長します」

つまり月生は彼女の補助《サポート》により、能力の再使用の手間を省略できる。けれど白猫はそうではない。端末を取り出して、画面をタップ。ただそれだけでも、能力の再使用には息継ぎのようなロスが生まれる。その一瞬ですべてを逆転することは、月生になら容易《たやす》い――と、までは言わないが、充分に現実的なプランだろう。

ウォーターが顔をしかめてみせた。

「じゃあ、この戦いが、まだ四分も続くってこと？　あり得る？」

あり得ない、とコゲも思っていた。

けれど。

「月生が、強すぎます」

現在、開戦からおよそ一分。手元に届く並列検索の結果は、現実に対して八秒ほど遅れている。それでも五二秒。七〇万Pの強化士《ブースター》ふたりがすでに五二秒間も戦っている。しかも一方は白猫だ。強化《ブースト》の常識を超えた、肉体の強靭《きょうじん》さを無視して速度に振り切った攻撃特化の能力値。彼女の戦いがこれほど長く続くなんて、どんな検索士《サーチャー》も想像しない。

けれど、月生。あれは異常だ。

「あの白猫さんが、月生を崩しきれない。彼は細い細い綱渡りを続けています。それがほんの一瞬の出来事であれば、偶然なのかもしれない。でも、すでに一分間。ならこちらはその綱を、彼が最後まで渡り切ることを想定せざるを得ません」

これまでコゲは――おそらくは架見崎の大半が、月生という存在を見誤っていた。

彼は頂に立つ者だと思っていた。ただ仰ぎ見て、ただ目指し、ただ乗り越えればいいのだと。けれど、そうではなかった。

――だって、誰に想像できる？

あの月生が、ひたすらに耐え忍ぶ戦い方こそを得意とするなんて。

「あと四分、月生が立ち続けていたなら、あちらに決定的な機会が訪れます」

月生は。あの怪物は。

――それを、やり遂げるのではないか？

七〇万ものポイントを持ちながら、ひたすらに耐える戦いを続けられるのであれば。つまり弱者であることを、彼が受け入れ続けるのであれば。

ウォーターが軽く答える。

「そう。じゃ、手を打とう」

彼女は椅子《いす》から立ち上がり、あ、あと軽く発声練習をした。

それから、コゲに目を向けて続ける。

「チームメンバー全員──白猫さんを除いた全員に、音声通話を」

これからみんなに、世創部というチームをみせてあげよう。

そうささやいて、ウォーターは笑った。

*3*

月生と白猫の開戦から二分後──ふたりの強化《ブースト》の効果時間が途切れるまで、残り三分。

テスカトリポカは無力感で奥歯を噛《か》みながら、それでも検索《サーチ》を続けていた。

──あと三分で、月生を捉えきらなければならない。

テスカトリポカは、再宴《さいえん》という能力を持つ。他者の能力の効果時間を延長する能力だが、本来は対象に接触していなければ使用できない。これを、天糸《てんし》──「テスカトリポカが検索《サーチ》している端末のプレイヤーに対して、常に接触しているものとして能力を発動する」能力で補うことで、遠隔使用が可能になる。言い換えるなら、検索《サーチ》できない相手には、再宴も使用できない。

月生は――彼と白猫の戦いは、あまりに速かった。

テスカトリポカは自身の検索《サーチ》を糸と捉えている。戦場を蠢《うごめ》く、無数の糸。それが情報の隙間《すきま》を探り、食い込み、核心に触れるイメージ。

月生はむろん、その糸を避けようとしているわけではないだろう。目の前の白猫に合わせて動いているにすぎない。けれど彼の情報に、触れることさえ叶わない。

――それでも。必ず、捉えてみせる。

重大な秘密を暴《あば》けと命じられたわけではない。戦場を支配しろと命じられたわけでもない。なんでもない補助能力《サポート》を、ただの一度だけ使えば達成される勝利条件。

――この程度のことさえできないなら、私がここにいる理由はなに？

テスカトリポカは、その困難な検索《サーチ》に挑み続ける。

だが、ふいに。

戦場に張り巡らせていた糸が、塵《ちり》のように壊れて消えた。

＊

少し前から、並列検索に参加していた何割かがデータの共有をやめていた。

――世創部側の検索士《サーチャー》が離れたな。

そうリャマは考える。

テスカトリポカによる、外部からの強制的な月生の強化《ブースト》の効果時間延長。あるいは、再使用。それが可能なことを、リャマは昨夜、香屋から聞いて知っている。そして世創部側も同じ考えに至り、その展開を阻止しようとしている。なら、次に戦場に起こることも読めた。

並列検索の本拠地となっていた掲示板に、どこかの検索士《サーチャー》がこう書き込む。

――やべえ。戦場が、消えた。

検索士《サーチャー》の基本的な能力に、ジャミングがある。指定した範囲にでたらめなデータをばら撒くことで他の検索士《サーチャー》の邪魔をする、まずまず大きなチーム同士がぶつかり合えばほとんど確実に使われる種類の能力だ。

ありきたりといえばありきたり。だが、その範囲と密度が現実離れしていた。

世創部が抱える検索士《サーチャー》たちの、一斉ジャミング。想定を超えた効果だ、とリャマは感じる。データの上にデータを重ねて、さらにその上にデータを重ねて。まるですべてがダミーデータで塗りつぶされたように、情報がブラックアウトする。

世創部はいったい、何人の検索士《サーチャー》を使っている？　片手じゃ足りない。両手でも足りない。ジャミングは連続使用に向いた能力ではない――ジャミングの使用中は端末がダミーデータを発し続けなければならないから、再使用しても意味がない。同じ検索士《サーチャー》がジャミングを二連発しても、効果は一発と変わらない。データ上は一発目のジャミングが効果を失い、二発目だけが適用される形になる。なら、世創部がこのジャミングに使っている検索士《サーチャー》の数は、おそらく三〇人か四〇人。こんな無茶、かつてのＰＯＲＴだってしていない。

——想定していなかったな。

リャマは素直に認める。

世創部というチームのポテンシャルを、理解していなかった。そしてそれは、ウォーターを見誤っていた、という意味でもある。

濃密な、あまりに濃密なジャミング。

そのからくりは単純だ。今ではウォーターは、架見崎で随一のカリスマを持つ。ただその事実の証明でしかない。

世界平和創造部。あのチームは、ひたすらに人員をかき集めた。現状で、架見崎にいる人間の七五パーセント——およそ七五〇人が世創部に所属している。

——そのうちの八割は、戦いの役に立たない傍観者だ。

誰もがそう考えていた。おそらく、世創部に逃げ込んだ本人たちでさえ。

なけなしのポイントを差し出し、戦いは人に任せ、自分たちは無力な「一般市民」として後方で震えている。戦力のリストに加える必要のない人たち。

——でも、ウォーターの目からみれば、そうじゃなかった。

世創部がかき集めた七五〇人の中に、検索士《サーチャー》は何人いる？　すでにポイントを放棄した、無力な元検索士《サーチャー》たち。

彼らにポイントを与えれば、即座に凍結されていた能力が解除される。ただ戦場に向かってジャミングをぶっ放す程度のこと、ほとんど新米みたいな検索士《サーチャー》にだってできる。

だから、驚異なのは世創部の検索士《サーチャー》じゃない。彼らのジャミングじゃない。

ウォーター。あれはごくスムーズに、あまりに多くの人員に「自身の役割」を理解させ、ポイントの移動を完了させた。その統率力が想定外だ。

掲示板に誰かが書き込む。

――あーあ。オレらの検索《サーチ》もこれでおしまいかよ。

はっ、とリャマは、鼻で笑う。

強がっていた。誰に対して？　現実に対して。

なんだか無性に、悔しかったのだ。ウォーターのやり口が。あまりに的確で、力任せのその解決策が。

考える前に文字を打っていた。

――あの不格好なジャミング、掃除するぞ。

できるの？　と誰かが言う。

知るか。でも、できるだろ。

だって銀縁のジャミングは、もっと美しかった。

彼はひとりきりでも、もっと厄介だった。

徹底して自然にダミーデータを戦場に馴染ませて、相手チームはジャミングが張られたことにさえ気づけないくらいだった。あれに比べりゃ、こんなもん、プラスチックに塗った水性絵具みたいなもんだ。

リャマはほとんど思考もせずにキーを叩《たた》く。

――怪物ふたりはしばらく放置だ。どうせこのジャミングじゃデータは拾えねぇ。代わりに今から、戦場そのものを暴く。

キネマ倶楽部に向いた戦場だ。そう考えて、リャマは笑う。

うちは銀縁が率いていたころ、検索《サーチ》に特化したチームだった。そして、いってみりゃ、弱小だった。けれど銀縁はいつだって、敵チームの力任せの検索《サーチ》を技術でぶち抜いてきた。

強化士《ブースター》の象徴が白猫であるように。

検索士《サーチャー》の象徴は、銀縁だ。

そしてリャマは、自身が架見崎でいちばんの、銀縁の弟子だと自負している。

＊

シモンは茫然《ぼうぜん》と、戦場を観測していた。――いや。なにもみえていなかった。

本来シモンは、平穏な国でもっとも多くのポイントを持つ検索士《サーチャー》だ。現在ではユーリイが引き連れてきたテスカトリポカにその座を譲っているが、それでもこのチームの検索《サーチ》の根底を支えるのは自分なのだという自負がある。

一方で。

――私が優れた検索士《サーチャー》ではないことも、また事実だ。

シモンはそう認めている。

一流の検索士《サーチャー》というのは、人種が違う。この違いはゼロからプログラムを自作するのか、市販のソフトを購入するのかのようなものだと説明される。一流の検索士《サーチャー》はひたすらベースとなる検索《サーチ》のスペックを上げる。だが並の検索士《サーチャー》は、そのポイントで運営から効果が限定された能力を買う。

多くのポイントを持ちながら、本質的には「並の検索士《サーチャー》」でしかないシモンは、月生と白猫の戦いを正確に検索《サーチ》できるとは考えていなかった。けれどそれは、世界平和創造部も同じだ。

――あちらが知り得る情報は、すべてこちらも手に入れる。

これが、今のシモンの戦いだ。

なのに。先ほどシモンの目の前から、すべての情報が消えた。

世界平和創造部の超高密度ジャミング。いったい、なぜ？　わけがわからない。もともとみえない戦いを隠して、なんの意味がある？　世界平和創造部はこのジャミングの向こう側で、なにをしようとしている？

なにもわからないまま、シモンは茫然と、みえない戦場を眺めていた。

が、あるとき。月生と白猫の開戦から、およそ二分五〇秒後。

再び、戦場が変質する。

ジャミングは未だ晴れない。情報に情報を塗り重ね、さらに情報を塗り重ね、そしてすべてが黒塗りになったような世界。

その上に、光が漏れた。

戦場の九割九分はまだ闇のままだ。けれど、黒い紙に針で穴を穿《うが》つように。それを繰り返して夜空に散らばる星明りを作るように、情報が射《さ》した。

——何者かが、ジャミングの下から情報を掘り起こしている。

「いったい、どうやって？」

シモンは思わず、そう呟《つぶや》いていた。

その独り言に、隣で検索《サーチ》を続けていた女性、アリスが反応する。

「ある検索士《サーチャー》の呼びかけで、戦場を並列検索しています」

彼女は自身の端末をこちらに向けた。

そこには、検索士《サーチャー》たちの掲示板でのやりとりが掲載されている。

——あーあ。オレらの検索《サーチ》もこれでおしまいかよ。

とアリスが発言している。

それに匿名の誰かが、こう答えている。

——あの不格好なジャミング、掃除するぞ。

その先は、並列検索のための端的な指示だ。その半分は、シモンには意図を汲《く》み取れないものだった。けれど、もう半分は理解できる。

ごく部分的なジャミングの解除——戦場のすべてを明らかにするのではなく、覗《のぞ》き穴をいくつも用意し、その穴からみえた景色で全体像を想像する考え方だ。

だが。

「覗き穴の位置を、どう定める？」

もともとが月生と白猫の戦いだ。戦場のすべてがクリーンに見渡せていても、それでもなお情報の痕跡を追うことも難しい戦いだ。なのに多くのジャミングを放置し、わずかばかりの覗き穴を穿ったところで、なんになる？　そこに月生と白猫の姿がなければ、ただ徒労でしかない。

シモンの疑問に、アリスは端的に答える。

「知りませんよ。すべては、ビネの指示通りに」

ビネ。懐《なつ》かしい言葉だ。それは検索士《サーチャー》たちの掲示板で、ある「支配者《リーダー》」を指す言葉だった。そしてシモンも昔――まだ平穏な国が弱小で、なんとか中堅に這《は》い上がろうともがいていた頃《ころ》、この掲示板に入り浸っていた。

「今、架見崎に新しいチームが生まれた。間もなく消えてしまうチームではあるけれど、もちろん貴方《あなた》にも、参加資格があります」

アリスは検索《サーチ》のためのタイピングを続けながら、そう言った。

＊

白猫は、自身の変化に苦笑する。

——検索士《サーチャー》たちがうるさいな。

この戦場の裏側で、彼らが大騒ぎしているのを感じる。けれどなぜそれがわかるのか、白猫自身にも理解できなかった。強化《ブースト》はあるレベルを超えると、検索《サーチ》の気配まで察知できるようになるのだろうか。

なんにせよ白猫は、自身がもうだいたい完成したことを理解する。

七〇万ポイントを持つ強化士《ブースター》としての完成。架見崎のなにもかもを知っているような全能感。考えるまでもなく、身体《からだ》は自動的に動く。——より正しくは、思考は途切れなく続いている。理解と決断と行動がほとんどなんの時差もなく発生する。今の私はとても強い。けれど。

——月生が、壊れない。

こちらの攻撃は当たり、あちらの攻撃は外れる。

なのに決着が訪れない。

——私はまだ、戦いというものの本質に到達していないんだろうな。

白猫は世界そのものを抱きかかえたような全能感の中で、だが静かにそう認める。

もうすでにあらゆる点で、月生という存在を上回っているつもりだった。でも、ひとつだけ。戦いというものへの理解に関して、なにか一点だけあちらが上にいる。そのなにかがまだ、白猫にはわからない。

——素晴らしいことだな。目の前に、仰ぎ見られる誰かがいるというのは。

月生は、もうぼろぼろだ。あちこちから血を流している。いくつもの骨が折れている。反応速度も開戦時よりいくぶん鈍く、顔つきはどこかぼんやりしている。戦場にはこの戦いの終わりへと至る線――それはつまり、月生の命を絶つ線が無数に張り巡らされ、足の踏み場もないいほどだ。

なのに彼は、決してその線に引っかかりはしない。

まるでもう死んでいるような目つきの月生をみて、白猫はなんだか嬉《うれ》しくなる。

――目が死んでいるからといって、心まで死んでいるわけではないよな。

ぶっきらぼうに、まるで無気力にもみえるその目の奥で、彼の心は今もまだ冷徹に戦い続けている。

現に、白猫は序盤の交戦で、左腕の機能をほぼ失った。一方で月生の四肢は――その機能を確実に落としながらも――すべてがいちおう、動いている。白猫からみても異質なほどに正確なダメージのコントロール。彼は幾度も決定打に身を晒《さら》しながら、その一歩手前で踏みとどまり続ける。

――ああ。月生。君は美しい。

架見崎最強のアイコンだった彼のイメージからは程遠い。でも、ぼろぼろになりながら可能性を辿《たど》り続ける彼が美しい。天才のようではなかった。怪物のようではなかった。あくまで人間として、彼は膝をつくことなくこの戦場に立っている。だからこそ天才のようなのだ。だからこそ、怪物のようなのだ。白猫は久しぶりに、目の前の敵に勝ちたいと感じていた。

相変わらず周囲では、検索士《サーチャー》たちが騒ぎ立てている。

無数のジャミングが飛び交う中で、また別の検索士《サーチャー》たちが情報を拾い上げようともがいている。白猫はそれを知覚する。

でも、どちらの検索士《サーチャー》がしていることにも、意味がない。

——だってこれは、私と君との戦いだもんな。

そうだろう？　月生。

ふたりはふたりだけの戦いに没頭しなければならない。

ふたりはふたりだけの力で終わりにたどり着かなければならない。

ふたりは己の意思だけで、一方が、もう一方を殺害しなければならない。

月生もわかっているはずだ。理屈ではない、ふたりの戦いの本質。もしも月生がこれを見誤っているのだとすれば、今もまだ、彼が二本の足で立っていられるはずがない。

——私たちは、なんて安らかなんだろうね。

周りがどれだけ騒ごうが、知ったことではない。

今、ここにあるのは、ふたりきりの楽園だ。

＊

月生は自身に、思考を止めないことを課していた。

けれど現実には、それは不可能だった。

すでに肉体が限界を迎えていた。痛みと苦しみと疲労とが、月生から思考を奪う。不安と恐怖と後悔が、戦闘においては不必要なノイズになる。

――けれど、それらをみんな引き連れていよう。

これまで戦場には不要だと考えていたものまで、すべて。

月生には誇りがあった。目の前の白猫――純粋な戦闘の天才である彼女に比べれば、ごくささやかな誇りだ。それは架見崎という場所に、誰よりも長く存在しているというだけの誇りだった。

白猫ほどの天才ではない月生は、あの七月の架見崎で、何度も敗北を経験した。七月の架見崎で、何人もの仲間を失ってきた。数多くの痛みを体験し、場合によっては致命傷を負い、心から信じた人に裏切られ、心から愛した人が隣で死んだ。

――私はもう、白猫には勝てない。

そう知っている。

だからこれを、ふたりの戦いにしてはいけないのだ。

どれだけ白猫が突出していたとしても。どうにか彼女に追いすがれるのが、月生だけだったとしても。

――これはあくまで、チームとチームの戦いだ。

だから自分で敗北を決めてはならない。

本当は勝利さえ選ぶ資格がない。

ひとつのチームの、たったひとつの要素であり続けること。

からくり人形は動き続ける。くるくると、くるくると。いつかゼンマイバネが伸び切ってしまうまで、自身に与えられた役割にひたすら従う。

――私は、からくり人形でいよう。

これまでもずっとそうだった。架見崎というゲームの、歯車のひとつでいようと決めていた。本質はなにも変わらない。けれど、たったひとつだけ違うなら。

――私は、ただひとつのチームに仕えるからくり人形でいよう。

そのチームは、平穏な国ではない。きっとキネマ倶楽部でさえない。あるいは誰も、存在さえ知らないチーム。けれどリーダーだけがいる。あの臆病《おくびょう》な少年に率いられた、漠然とした。でも愚直に生命というものを追い求めるチーム。

――私は私のすべてを抱えて、そのチームの歯車でいよう。

生命としてここにあること。生き続けること。それだけがこの戦いの本質だ。

また拳《こぶし》が飛んでくる。硬く、速い拳。的確な拳。

それは月生の皮膚を、肉を、骨を打ち抜く。あるいは心さえも。

でも。

――私の心が折れることなど、もはや問題ではないのだ。

ひとつのチームの意思で、月生は戦場に立っている。

＊

架見崎にはチームがある。

それはルールで縛られ、端末によって管理されるチームだ。

けれど検索士《サーチャー》たちの掲示板には、稀《まれ》にまったく異なる文脈のチームが生まれる。そのチームに名前はない。そのチームは戦力を持たない。そして、そのチームを作るのはリーダーではない。

ただひとつの目的のため、他のプレイヤーたちが誰かひとりをリーダーと認めたとき、そのチームは生まれる。目的が達成されたなら跡形もなく消え去ることが決まっている、即席のチーム。そのチームのリーダーは「優しい独裁者《ビネヴァラントディクタトル》」と呼ばれる。ただし検索士《サーチャー》たちは長い固有名詞を略したがる傾向があるため、通常はただビネと呼ばれる。

いつの間にか、掲示板ではリャマだけがビネと呼ばれていた。

それはひとつのチームの誕生を意味していた。ぷかりと自然発生し、ゆらめきながら上昇し、だが間もなく弾《はじ》けて消えることが決まっている。泡のようなチームだ。

リャマはそのことに――自身を中心としたチームが生まれたことにも、そのチームが間もなく消滅することにも、これといった感慨を抱かなかった。ただ夢中だった。苛立《いらだ》ちに似た感情で、世創部のジャミングを解除することに集中していた。

交戦開始から四分。

世創部側の検索士《サーチャー》が抜けたことで減っていた掲示板の人数が、また増え始めていた。シモンが平穏な国の全検索士《サーチャー》に対して、リャマの並列検索に協力するよう呼びかけたことが理由だ。

数の暴力に数で対抗するなんて、リャマの好みではないけれど。

――ま、使えるもんは使うさ。

世創部のジャミングの大半――ざっくり八割ほどは温《ぬる》い。ウォーターの指示に従っているだけの、付け焼刃の検索士《サーチャー》たち。奴《やつ》らは運営から買ったジャミングをばら撒いているだけだ。その手のジャミングには法則性がある。パッケージングされたデータ通りにダミーデータをばら撒くから、ひとりぶんのデータを抜ければ全員ぶん抜けたのと同じことだ。

世創部側で特別に厄介な検索士《サーチャー》は四人。さすがにリャマだって、事前にそいつらのデータは握っている。

一人目はコゲ。純粋に保持するポイントが高く、経験も豊富。けれど彼は、おそらく潔癖症なのだろう。データが綺麗《きれい》すぎて違和感を覚える。彼独自のルールでジャミングのデータを作っている。

二人目はパラポネラ。ウォーターが好んで使う検索士《サーチャー》。さすがにウォーターが目をつけているだけあって、彼女はセンスが良い。短時間で攻略するのは困難だ。

三人目はヨキ。長年、ロビンソンという中堅チームでメイン検索士《サーチャー》だった男だ。前のふたりに比べれば劣るが、基礎はできている。

四人目はパン。あるいはモノ。検索士《サーチャー》としての彼女は意外に厄介だ。なぜだろう、架見崎という場所への理解が深い感じがする。手数はそれほどでもない――おそらくあまり真面目《まじめ》に検索士《サーチャー》として働くつもりがないから、ポイントが低いのだろう――が、彼女が作るダミーデータはとてもよく架見崎に馴染《なじ》む。

リャマは軽やかにキーボードを叩く。掲示板上に現れた「名前のないチーム」全員に指示を出した。

――四〇秒でまとめるぞ。

タイムリミット――月生と白猫の強化《ブースト》が途切れるまでに、ほんの一瞬。

架見崎の戦場から、濃密なジャミングを引き剝《は》がす。

その道は、もうみえた。

＊

開戦から四分三〇秒。

テスカトリポカは焦《じ》れていた。

平穏な国の検索士《サーチャー》たちはよくやった。一時的に、世創部側の濃密なジャミングに隠された戦場を、ごく一部とはいえ暴き出した。ブラックボードに白いチョークで描いたラフスケッチのように。

けれどその絵も、すでに消えてなくなった。十数秒前のことだった。世創部側が上手《うま》く対策したのだろう。戦場は再び闇《やみ》に沈んだ。

——本当は私も、世創部と戦うべきだった。

そうだったのではないか、と後悔している。

つまり平穏な国の検索士《サーチャー》たちに協力し、あのジャミングを解除することに集中すべきだったのかもしれない。けれど、そうはしなかった。今もまだ。濃密なジャミングの闇の中に必死に細い糸を這わせ、月生の端末を探している。いつか、このジャミングが晴れる瞬間を夢見て。

——私は、自身の役割に忠実だった。

なんて風に、表現することもできる。あの、まるでどうしようもないような、神と神とが争っているようなふたりの戦いに対してできることといえば、どうにか月生の強化《ブースト》の効果時間を延ばすことだけなのだから。ジャミングの相手は他の検索士《サーチャー》たちに任せ、こちらは月生の検索《サーチ》に集中する。その役割分担は、別におかしなことではない。

けれどテスカトリポカは、平穏な国の検索士《サーチャー》たちを信頼していたわけではない。まったく、微塵《みじん》も、彼らが頼りになるとは思っていない。

ただ決断できなかっただけなのだ。

迷い、躊躇《ためら》い、思考を止めて、自身の役割だけを追っていた。

——ああ。私は、弱かった。

平穏な国の検索士《サーチャー》たちと同じように。まったく無意味な努力を、それが無意味だと知っていながら、だらだらと続けていた。

そのことが、悔しい。

ユーリイ。イド。あるいはウォーター。あの怪物たちであれば、なにもかもが違っていたはずだ。迅速に決断し、自身の決断にすべてを委《ゆだ》ね、勝利を手繰り寄せて平気な顔をしている。その世界に足を踏み込んでいないことが悔しい。

――私は、怪物ではない。

だって今もまだ、訪れるはずのない幸運に縋《すが》っているのだから。

晴れるわけのないジャミングが晴れる瞬間を、根拠もなく待ちわびているのだから。

――私はまだ、怪物の領域に足を踏み込めない。

彼女は奥歯を嚙みながら、苛立ちと共にそう認めた。

その直後。

テスカトリポカの視界に、「ある景色」が浮かび上がった。

＊

「やられました」

コゲの呟きで、トーマは顔を上げる。

なにが？　と尋ねる時間も惜しかった。口も開かずコゲに目を向ける。彼はその視線の意味を正確に理解したのかもしれないし、あるいはこちらの都合なんてお構いなく喋《しゃべ》りたいことを喋っただけなのかもしれない。ともかく状況を解説する。

「こちらのジャミングのうちの八割が、暴発――月生から、およそ南に二キロの地点に向かって再使用されました。ジャミングは今、まったく無意味な架見崎の片隅を覆《おお》い隠しています」

――どうして？

とも、トーマは尋ねなかった。

おそらく、あちら側の検索士《サーチャー》がなにか仕掛けたのだろう。八割という数字が示す意味は明白だ。

ポイントを放棄して能力を凍結させていた、本来は戦う覚悟がない検索士《サーチャー》たち。トーマが簡単な指示で強引に動かしただけの水増しのジャミング発射要員。彼や彼女の照準が、なんらかの理由で狂った。ホウキで掃いて塵をひとところに集めるように、こちらのジャミングが戦場の片隅に追いやられた。あちらにはとても理解が深い検索士《サーチャー》がいる。

トーマは短く尋ねる。

「対処法は？」

「シンプルですよ。もう一度、正しい照準でジャミングを撃ちなおせばいい」

「そう」

なら、もう詰んでいる。

この会話だけで、すでに一五秒？　二〇秒？　白猫と月生が強化《ブースト》を再使用するタイムリミットまで、残りはおよそ一〇秒間。

一〇秒間で演習どころか事前説明さえしていない指示を出すなんてことは不可能だ。歴戦の兵士たちが相手だったとしても難しい。その相手が即席の検索士《サーチャー》たちであれば、どれだけこちらが一〇〇点の効率で言葉を選んでも、思い通りに動くはずがない。――闇雲に一歩足を踏み出させることだって、きっとできない。

「それでも、白猫さんが勝ちます」

と、コゲが言った。

トーマは笑う。

――互いに七〇万ポイントを持つ、白猫と月生の戦い。

初めからわかっていたことだ。

こんなもの、ただ祈るしかない戦いだ。

――でもあちらは、そうじゃなかった。

神と神との戦いに手を伸ばした人間がいる。その誰かの指先が、今、戦況を変えようとしている。

――恰好《かっこう》いいね。大好きだ。

だからトーマも、それに乗る。

「ポイントの移動を」

最速で、最大限効率的な戦場への介入。

それをトーマは躊躇わない。

＊

——通った。

リャマは不格好に口元を歪《ゆが》める。いまさら、手が震えていた。遅れてきた緊張と、初めての快感。平穏な国は気持ちの悪いチームだ。

並列検索の目標は、ふたつに絞った。それぞれにざっくりと半分ずつ検索士《サーチャー》を使っている。

ひとつ目は、あちらの厄介組——四人のやれる検索士《サーチャー》対策。厄介組が担当しているのはジャミングの二割程度。その二割は、素直に暴く。達成目標は五〇パーセントに定めていた。ざっくり掛け算で一割だけあちらのジャミングを取り除ければクリア。

これに対して、世創部側は「残り八割」のジャミングの張り直しで対抗した。平穏側が頑張って穿ったのぞき穴の上に、さらにジャミングを重ねてきた。この判断は、素直なやり方ではあるが間違いだ。

リャマの狙《ねら》いのふたつ目は、この「残り八割」——付け焼刃の検索士《サーチャー》たちのジャミングの一掃だった。

とはいえその八割は濃密だ。だから、ジャミングの解除は捨てていた。代わりにジャミングによって発生し続けているダミーデータの逆探知に集中した。

弱者が強者に打ち勝つには、戦うポイントを選ぶ必要がある。

リャマは即席検索士《サーチャー》たちのジャミングをたどり、彼らの端末データを暴いた。その数、三六台。すべてのデータをしっかり揃《そろ》えてまとめ上げ、テスカトリポカに提示した。それだけ。たったそれだけ舞台を整えれば、あとはテスカトリポカが勝手にやってくれる。

――気持ち悪いのは、平穏な国の連中だ。

リャマは彼らに、自身の狙いを説明しなかった。そうする時間がなかったというのもある。詳細を伝えるには香屋から聞いたテスカトリポカの能力まで説明する必要があり、その情報の開示が許されるのか判断がつかなかったのもある。

なんにせよリャマはなにひとつ説明せず、なのに平穏な国の検索士《サーチャー》たちはリャマの指示に従った。信仰を基盤にしたこのチームには、ある種の常識的な疑問が存在しない。――未《いま》だに、シモンが動けばチームが動く。その命令系統が生きている。

だからリャマにとって、平穏な国は居心地の良いチームではない。

けれど、間違いなくある種の強さを持つチームだ。

＊

テスカトリポカは苦笑した。

自身がいつの間にか、どうしようもなく大きな流れの中に組み込まれていたのだと気がついて。

唐突に、目の前に、データが届いた。月生のデータではない。白猫のデータでもない。テスカトリポカにしてみれば名前もないような、架見崎において脇役《わきやく》の検索士《サーチャー》たちの端末に関するデータ。それが三六台ぶん。

テスカトリポカは「偽手《ぎしゅ》」という名のその他能力《オリジナル》を持つ。偽手は対象の端末を強制的に操り、望む能力を使わせる。発動には対象の端末に触れている必要があるが、これは「天糸《てんし》」で代用できる。つまり対象の端末を検索《サーチ》してさえいれば、偽手を使用できる。

まずまず数が多いとはいえ、すでにしっかりとデータが暴かれている端末を検索《サーチ》するなんて、文字通り一瞬だ。綺麗にお膳立《ぜんだ》てされている。

三六本の偽手が、三六台の端末を操作する。

三六発のジャミングが、ただ無意味に、どこか架見崎の片隅を覆い隠す。

そして、ジャミングは再使用されると、それまでの効果が消えてなくなる。

これだけで世創部側のジャミングは、およそ八割が意味をなさなくなった。そして、残り二割はすでに半ば暴かれている。平穏側の検索士《サーチャー》たちは、はじめからその二割のダミーデータとの戦いに腐心していたのだから。

開戦から四分五四秒。

戦場が、晴れた。

――ああ。月生。そこにいたのね。

テスカトリポカは糸を伸ばす。

——可哀《かわい》そうに。ぼろぼろじゃない。

もうろくに動くこともできない怪物を、検索《サーチ》の糸が優しく撫《な》でる。

# 4

テスカトリポカの糸は、なんの実体も持たない。

質量がない。わずかに空気を揺らすこともない。だからもちろん音もない。色も温度もなにもない。殺意さえも。なのに、白猫はそれを感じていた。

糸が月生に絡《から》まる。目の前の怪物は、こんなにも簡単に捕捉《ほそく》されるほどに疲れ果てている。彼の強化《ブースト》が再使用されたか、効果時間が延長されたか。それはわからない。けれど、間もなく——もう五秒ほどで、白猫だけが強化《ブースト》を失う。

そのことに白猫は、これといった感慨を抱かなかった。

五秒あれば、いくらでも月生から離れられる。安全圏まで逃げ出して、強化《ブースト》を再使用することは容易い。なのに、もしも月生がその瞬間に——白猫の強化《ブースト》が途切れる瞬間に気を取られていたなら、それはあちらにとって致命的な隙になる。

——けれど、そんなことは起こらない。

白猫はそう信じていた。

これは、ふたりきりの戦いなのだから。

第三者に介入できる余地などありはしないのだと、はじめからわかっているから。月生だってそれを、充分に知っているはずだから。

だから、白猫は驚く。

無防備にもみえる動作で、月生が足を踏み出したから。

――私を、逃がさないつもりか?

白猫はもう、月生を見限らない。月生に過小な評価は下さない。彼が前に出たなら、そこに彼の勝ち筋があるのだ。白猫にはみえていない勝ち筋が。

肌が粟立《あわだ》つのを感じながら、それでも白猫は、月生の考えを想像しなかった。この怪物にはいかなる判断も下してはならないのだと知っていた。経験、なんて、ひと言でまとめてしまうとチープではあるけれど。でも月生はそれを持つ。白猫よりも多くのそれを。戦場で、わからないことをわかろうとしてはならない。決してわかった気になってはならない。月生の意図はわからないまま、彼を上回らなければならない。

彼が拳を突き出す。やや大振りにみえる。白猫も同じようにする。だが速く、短く。白猫の拳が月生の拳を掠《かす》める。彼の小指が砕ける。そして月生の拳の軌道が変わる。その拳は、わずかに身を屈《かが》めた白猫の耳元を通過する。とても静かだ。白猫はすでに二発目を打っている。拳が深く、月生の腹を捉《とら》える。

――このダメージは、君が想定した通りなのかな?

答えを欲していたわけじゃない。白猫の胸に、ただその疑問だけが浮かぶ。

人体というのは物理現象だ。意志でも勇気でも動かない——というか、その意志や勇気も物理現象の一部なのだろうと白猫は思う。だから、感情を超えた決定打というものがある。次の瞬間——このふたりの戦いにおいてはずいぶん長いその一瞬、月生はわずかな身動きも取れないだろう。

白猫の強化《ブースト》が途切れるまで、残り四秒。

目の前の月生は、無防備に戦場に立っている。

＊

月生は疲れ果てていた。

勝ち目はない。負け方も選べない。ほんのひと呼吸のあと、自身の身体が致命的な傷を負うことはすでに確定している。

白猫は速く、遠く、もう手を伸ばしても届かない。

視界はすでに意味を持っていなかった。何発も顔を殴られて視力を失ったのか、脳の方に問題があるのかも判断がつかなかった。鼻に感じるのは血の臭《にお》いだけだ。その臭いさえずいぶん薄い。肌にはなんの感覚もない。この身体が本当にまだ動いているのかもわからない。でも少しだけ、指先が冷たいような気がした。口の中はなんだか苦い。その苦みの奥に、かすかな甘みがある。死を連想する甘み。耳の奥では音が鳴っている。耳鳴りにしては奇妙な音だ。きぃんという高く均一な音ではない。ど、ど、ど、と小刻みに繰り返す、小動物の心音に似た音の繰り返し。

私の意識はまだ正常に機能しているのだろうか、と月生は思い悩む。ずっと、夢をみているような気がする。現実とは乖離《かいり》した世界を自分で生み出しているような。その幻想に自ら浸っているような。であれば心の方も疑わしい。この心はすでに、架見崎とは繋《つな》がっていないのかもしれない。死にゆく人が神の微笑《ほほえ》みを夢想するように、ありもしない光に心を囚《とら》われているだけなのかもしれない。

――そうだ。光だ。

疲れ果てた月生は、その光だけをみていた。

見えない目に映る光。感覚のない肌を照らす光。先ほどよりもさらに指先が冷たくなったような気がする。月生はその光に手を伸ばす。ほんの少しだけ温まりたくて。

このとき、月生が考えていたことは、ただのひとつだけだった。

白猫に勝つ方法ではない。戦い続ける方法ではない。正当な死に方でさえない。

あの臆病なリーダーが言った。

――月生さん。生きて。

だから月生は、生きることだけを考えていた。

生き続けることだけを、自分に課していた。

交戦開始から四分五六秒。五分間に満たない、永遠に似た時間を経て、月生はすべての疑問を忘れていた。自分自身が人なのか、人ではないのか。生命なのか、生命ではないのか。七月の架見崎の終わりからずっとつきまとっていた、その命題を忘れた。

激しい衝撃が、月生の肉体を撃ち抜く。

どこを殴られたのかわからなかった。あるいは月生の身体にぶつかったのは、拳ではなかったのかもしれない。白猫の肉体でさえないのかもしれない。なにもわからない。たった今、肉体が限界を迎え、地面に倒れた衝撃だと言われても納得できた。

けれど、はっきりとわかることがみっつある。

――私はまだ、生きている。

そして。

――この身体は、もう動かない。

だから。

――致命的な攻撃が、今、この瞬間に飛んでくる。

けれど、生きろ。

その生存に、理由がなくても。その生命に、意味がなくても。

次の瞬間の訪れを、その次の瞬間の訪れを、いつまでも願い続けろ。

思惑もなく、作戦もなく、夢もなく、勇気もなく、希望さえなくても。

――なにもない私のすべてで、生きていろ。

月生は、動かない身体で顔を上げる。見えない目で白猫をみつめる。耳の奥ではまだ心音が響き続けている。それが幻聴でしかないように、他のすべても幻だったとしても、白猫の攻撃がはっきりとわかる。

開戦から、未だに四分五六秒。

白猫の手が、月生の胸を貫いた。

その白い光は熱を持たない。

＊

――殺した。

と、白猫は確信する。

指を伸ばして月生の胸を貫いたその一撃は、白猫にとっても想定外だった。七〇万ポイントの強化士《ブースター》の硬い肉体を撃ち抜いて、なぜ指が折れていないのかわからない。どんな理屈で手首より先が、彼の身体の向こう側に突き抜けたのかわからない。今の白猫は、白猫の想定さえ超えている。

なんにせよ月生は――架見崎の最強は、たった今、絶命した。

そのことが白猫はずいぶん悲しかった。彼は友でもなく、仲間でもない。敵だという気持ちもなかった。美しい景色が壊れてしまったようだった。青空を待ちわびていたのに、もうこの夜は明けませんと言われたようだった。

開戦から四分五七秒。

白猫は自身の悲しみを、静かに受け入れた。

開戦から四分五八秒。

それから、ふうと息を吐きだした。

開戦から四分五九秒。

月生の身体がぐらりと揺らぎ、彼の両手が、白猫に絡みついた。

「ああ。よかった」

耳元で、月生がささやく。

「この痛みは、知っている」

白猫は、わずかに混乱する。戦場で混乱した記憶などなかった。だから、自身の混乱が意外で、なんだか苦笑してしまう。

肉体は物理現象だ。意志でも勇気でも動かない。

――本当に？

いや。もしも、本当だったとしても。

意志でも勇気でもない何かが、肉体を動かすことだってあるのかもしれない。それは物理法則における慣性のような、心の残滓《ざんし》みたいなものが。

ともかく、開戦から五分。

混乱と共に、白猫は自身の敗北を認める。

それは生命としての敗北だ。傷だらけの、本来なら死んでいなければおかしい――そしておそらく数秒後には絶命する――七〇万ポイントの強化士《ブースター》が、強化《ブースト》の効果時間が切れた自身に抱き着いている。生き残る術《すべ》はない。

月生の手が、白猫の側頭部に添えられる。

おそらくは本来の彼の、万分の一ほどの。けれど生身の肉体では耐えられるはずがない力が、そこに加わる。

白猫は、自身の敗因を探そうとはしなかった。

明けないはずの夜に、また朝焼けをみつけた気がして、なんだか嬉しかった。

一方で、架見崎に何人かの友人を残して死ぬことが、少しだけ悲しくもあった。

ぐるりと視界が回転し、架見崎の突き抜けるような青い空がみえる。

＊

ふたりの怪物はすでに動きを止めていて、だからテスカトリポカにも、戦場の様子がよくわかった。なんてことはない、普段通りの検索《サーチ》だった。

もう間もなく月生は死ぬだろう。けれど、白猫も同じく致命的な状況にある。彼女の首はねじれ、冗談のように向きを変え、今にも刈り取られようとしている。

テスカトリポカには、未だに、ふたりのうちのどちらが勝利したのかわからなかった。相打ちで引き分けたというのが正当なようにも思う。他者の——テスカトリポカ自身の能力を借りてその相打ちに持ち込んだ月生の方が少し負けているようにも思う。けれど、なんとなく、白猫は自身の負けだと言ってきかないような気もする。

だから、怪物ふたりの戦いの勝敗はわからない。

けれどチームとチーム――平穏な国と世界平和創造部の戦いとしてみれば、勝敗は明らかだった。

――平穏な国の、完敗だ。

なぜなら実際には、白猫は死なないから。

決着の直前、ウォーターがポイントを動かした。五万程度のポイントだ。月生と白猫のポイントに比べれば、それは微々たるものに思えた。けれど、決定的な一手だった。

五万ポイントを受け取ったそのひとりが、白猫の頭を摑《つか》む月生に殴りかかる。

＊

ウォーターからは、なんの指示もなかった。

言葉もないまま唐突にポイントが増えて、それだけで黒猫《くろねこ》は自身の役割を理解した。理解と同時に身体が動いていた。まっすぐに。ただまっすぐに走る。

――あの人の元に駆けつけて、私になにができる？

白猫は天才だった。黒猫が知る誰よりも強かった。そして美しかった。私はあの人に護《まも》られ続けてきたのだ、と黒猫は思う。ようやくつかまり立ちができるようになった幼い子供みたいに。けれど幼い子供にだって、親を心配する権利はある。あるはずだ。

戦場に到達したとき、黒猫の頭はまともに働いていなかった。視覚も聴覚も嗅覚《きゅうかく》も、感情さえも十全に機能しているとはいえなかった。だからよかった。すべきことがシンプルだった。白猫の危機と敵とを認識し、その直後にはもう攻撃を完了していた。

月生を殴る。

それは、架見崎に暮らす大勢にとって——九九パーセントを超える人たちにとって、特別なことだ。激しい動悸《どうき》が自身の胸を痛め、恐怖で全身が震えることだ。本来は、黒猫にとってもそうだった。けれどこのときはなにも考えていなかった。決して白猫を死なせてはいけない。そのことの他はすっかり意識から抜け落ちていた。

黒猫の拳は、綺麗に月生の頰《ほお》に命中した。彼は異様に硬く、重かった。けれど、動く。よろめき、たたらを踏み、それからこちらをみた。

——月生。

こんなにも間近に、怪物がいる。

黒猫は、地面に倒れた白猫を自身の背で隠す。

月生はもう死にかけていた。もしも彼が自身の足で立っていなければ、すでに絶命しているのだと判断するのが真っ当だった。あまりに傷を負いすぎている。顔も、手足も、立ち方も、どこもかしこも歪んでいる。そして胸に大きな穴が空き、大量の血が零《こぼ》れ落ちている。その血の流れにさえ生命力を感じなかった。被災地から、ずいぶん後になってみつかった壊れた人形のようだった。

それでも。月生は、怖《おそ》ろしい。

白猫の救出にひとまず成功したからか、あるいは彼に睨《にら》まれたことだけが原因なのか。黒猫には判断がつかない。なんにせよ、忘れていた恐怖を思い出した。

目の前に、敵として、月生が立っている。それは死を意味する。

今すぐ彼を殺しきらなければならないのだと感じた。今すぐにここから逃げ出さなければならないのだとも感じた。どちらの直感が正しいのか、判断がつかない。黒猫は月生をみつめたまま、ただ怯《おび》えていた。

先に動いたのは、月生だった。

彼は何気ない動作で端末を取り出した。ビジネスマンがホームで電車の到着までのあいだに新着メールを確認するように。端末の画面に視線を向け、しばらく、そのまま動かなかった。

――月生にはもう、目がみえていないのではないか？

あるいはこの戦場に黒猫が乱入したことにさえ、まだ気づいていないのではないか。そんな気がしたが、未だに恐怖は同じサイズのまま黒猫を押さえつけていた。

「行こう」

そう言ったのは、背後の白猫だった。

「戦いは終わった。行こう」

彼女の声はあまりに小さく、途切れがちで、吐息にはざらりとした異音が混じっていた。

――死にかけの声。なのにその声を聞いたとたんに、身体が軽くなる。

黒猫はようやく月生から目を離し、白猫を抱き上げる。彼女は意外なほどに軽い。

腕の中で、白猫が笑う。

「君に命を救われるのは、二度目だな」

その声が、なんだか無暗《むやみ》に誇らしげで、黒猫も笑った。

# 第三話　授賞式

静かだ。とても。

自身の足音と、鼓動だけを感じる。

身体《からだ》にはもう痛みもない。疲労も、苦しみも。

どこまでだって行けるような気がした。けれど、目的地は決まっていた。

月生《げっしょう》は歩く。ゆっくり、ゆっくり。暑くはない。寒くもない。日差しは眩《まぶ》しい。

そういえば、戦いは、どうなったのだろう？

月生には打ち倒すべき敵がいるはずだった。辺りではチームとチームが激しくぶつかり合っていても不思議ではなかった。けれど、なんだか落ち着いている。戦場は遠く、戦いは古びて色褪《いろあ》せた夢のようだ。ただ歩く。

やがて、駅がみえた。

無人の改札。その先の、なにも表示しない電光掲示板。抜け殻のような駅。月生はその先へと進む。動きを止めたエスカレーター。意味のない数字を指したままの時計。

階段を上ると、青い空がみえる。風はない。雲も動かない。

ホームに立った月生は、ふう、と息を吐きだした。いつもの癖で眼鏡の位置を直そうとしたが、それはもうどこにもない。

そのまま手のひらで顔を押さえて、しばらく目を閉じていた。

しばらく。ほんの数秒だったような気もするし、何分かは経《た》ったかもしれない。時間の流れもよくわからない。

やがて、音が聞こえた。

ごとん、ごとんと規則正しく。あるいはその音は、ずっと聞こえ続けていたのかもしれない。自身の鼓動だと勘違いしていただけで。

目を開くと、線路の向こうから電車が近づいてくる。

——なんだか、懐《なつ》かしいな。

月生はそう感じる。子供のころに親に連れられて行ったレストランを、一〇年か二〇年ぶりに訪ねてみたときのように。その店内が、わずかに思い出とは違っていながら、けれど総体としては当時のまま残っていたように。

七月の終わりにも、月生はこの駅のホームに立っていた。

あのときも電車がやってきた。その電車には、カエルの姿のマリオネットが乗っていた。

——おめでとうございます。貴方《あなた》は、架見崎の勝者になりました。

とカエルは言った。

——約束通り、好きなものをなんでもひとつ。貴方が宣言したものを、賞品として差し上げます。

けれど月生には、欲しいものがなかった。本当は死んでしまうつもりだったのに、その自由さえウラルに奪われた。

――ウラル。貴女《あなた》が、生きろと言うのなら。

私に、生きる意味をください。

そう月生は願った。

あれからずいぶん長い時間が経ったように思う。本当に、一〇年か二〇年。子供がすっかり大人になってしまうくらいの時間。

遠い七月と同じように、電車は減速し、ひどくゆっくりとホームに入る。目の前のドアが開いた。

そこにいたのは、やはりマリオネットだった。

けれどカエルではない。フクロウの姿をしたマリオネットだ。

月生はそのフクロウに微笑《ほほえ》む。

「やってくるのは、カエルさんかと思っていました」

フクロウは、なんだか少し困ったように、首を傾《かし》げる。

「あっちの方がよかった？」

「いいえ。貴女がいい」

「できればもう少し、まともな格好で会いたかったのだけど」

「形なんてなんでも」

「そう」

月生は、軽く辺りを見渡す。

「ここは？」

「よく知っているでしょう？」

「ええ。でも」

ここは架見崎駅だ。どうみても。より正確には、架見崎駅の1番線のホームの7両目の後部ドアの前だ。けれどそんなはずがない。

「私が、ここまで歩けたはずがない」

自分の身体のことだ。よくわかっている。

こんなにもゆったりと呼吸ができるはずがない。まともに声を発せられるはずがない。あの戦場から、ほんの一歩でも歩けたのか怪しいものだ。

フクロウが答える。

「いいでしょう？　長いゲームの結末の、まずまず神聖な授賞式なのだから、これくらいの演出があっても」

「ええ。もちろん」

「賞状もトロフィーも用意していないけれど」

「いりません。なにも。ウラル――貴女と話ができるなら、それで」

彼女はどうやら、笑ったようだった。

マリオネットの顔は変化しない。声が聞こえたわけでもない。けれど月生には、はっきりと彼女の素顔をイメージできた。なんだか涙を堪《こら》えるような、悲しげな。それでも決してネガティブなだけではない、安らかな彼女の笑み。清い雪が舞うような。

ウラルが言った。

「生きる意味が、みつかった？」

その質問には、未《いま》だに上手《うま》く答えられない。

けれどすでに、なんらかの確信が、月生の胸にはある。言葉にならないだけで、たしかな手触りがあるものが。個人的な真実のようなものが。

――なんのために、生きるのか？

白猫《しろねこ》とのおよそ五分間の戦闘の中で、月生はその命題を忘れた。まったく、少しも、疑問が脳裏を掠《かす》めもしなかった。きっと、それこそが生命の本質なのだ。連続する「今」という瞬間を求め続けたこと。夢中だったこと。

「私は、つまらない人間です」

月生は、どうにか答える。

「私は歯車のようなものです。私からは全体像がみえない、巨大な機械に組み込まれた、ほんの小さな歯車です。求められるままに回転している。それが周囲に、どう作用するのかも知らないまま。それでも、私が回ると、隣の歯車が回る」

なにか、ひとつの歯車が。

自分自身と触れ合っているものが。世界と繫《つな》がっているものが。

白猫との戦いで、それを確信した。自身の回転と、隣接したものの回転。連鎖して世界へと繫がる回転。この確信だけで、生きる意味なんてものは充分なんじゃないかと、今は思う。だから。

「もしも今、私が架見崎の賞品を決め直せるなら、こう願うでしょう。――もっと生きたい。いつまでも」

月生にとって。

普遍的な解答ではなくて、あくまでごく個人的な理解として。

生きる意味というのはきっと、とてもシンプルで、つまらないものだ。誰かの、できるなら愛しい誰かの期待通りに、ただ回っていたかった。隣の歯車と接して。それはつまり、世界と繫がって。ただ回っていたかった。

それだけできっと、死ぬときに後悔を残すことさえできるんだ。もうこの場所から立ち去らなければならないことを、心の底から、悔しがることが。

ウラルが言った。

「そう。じゃあ、おめでとう」

「はい。ありがとう」

ウラルが電車の車内を指す。

「乗って」

「いいんですか？」

「これくらいは許されるでしょう。もう少しだけ、ふたりで話をしているくらいは」

「では」

月生は、ウラルと共にその電車に乗り込む。

間もなくドアが閉まり、電車がゆっくりと発車する。

向かいの窓からみえる空は、七月のもののようにも、八月のもののようにもみえる。

どちらでも良いのだ、と月生は感じる。

どちらであれ、青空の眩しさで、少しだけ泣きたくなる。

＊

もうひとつのデータにおいて――八月の架見崎というデータにおいて、月生の死はいくぶん簡素なものだった。

白猫と黒猫《くろねこ》を前にした彼は、端末を取り出し、自身が持つポイントのすべてを香屋歩《かやあゆむ》に譲渡した。

ポイントを失った月生は能力が凍結され、ただの人間に戻った。少なくともデータ上はただの人間と同じ存在に。

それから、一歩だけ足を踏み出した。

だが彼の足はもう自身の身体を支えきれず、転倒した。
八月の日差しで熱せられたアスファルトに頬《ほお》が触れたとき、すでに彼は絶命していた。

# 第四話　惨劇が始まる

*1*

自身に七〇万ものポイントが譲渡されたことで、香屋歩《かやあゆむ》は月生《げっしょう》の死を理解した。

とたんに、苛立《いらだ》ちが沸き上がる。

——そうじゃないだろ。

命懸けで、最後にすることは、そうじゃない。そのまま倒れていればいいんだ。七〇万ポイントを抱えたまま。最強は最強のまま。一パーセントでも生き延びる確率が上がるのなら、あとの全部を犠牲にすべきだ。

八つ当たりだとわかっていた。

無意味に駄々をこねているだけで。彼を殺したのは、自分なのだとわかっていた。

悲しくはなかった。——悲しみなんて感情は、無責任だ。だから後悔だけがある。その苦しみでのたうち回っていたかったが、まだ戦いは終わらない。

「月生の死亡を確認した」

そう言ったのはシモンだ。彼の声は、香屋の手の中の端末から聞こえた。

香屋はわけもなく首を振って答える。——いや。答えたつもりだったが、声が出なかった。ひどく身体《からだ》が震えている。

その無言をどう解釈したのだろう。シモンが続ける。

「これで君は、手札を失った。そうだな？」

馬鹿《ばか》げている。なにもかも。

たしかに平穏な国において、香屋歩の価値のほとんどすべては月生だった。曲がりなりにも彼の主《あるじ》であるという一点だけだった。けれど。

「今は、そんな話をしている場合じゃない」

今度はきちんと声が出た。

感情を抑えきれず、ほとんど思考もせず、香屋は続ける。

「まともに頭を働かせろよ。月生さんが死んだ。いったい誰に、世創部を止められる？」

月生を殺せるチームに、いったい誰が勝てる？

白猫《しろねこ》が完成した。おそらくトーマは、長いあいだそれを目指してきた。あいつが平穏な国を切り捨てて自らの世界平和創造部を作ったトリガーは、白猫を手に入れた、その一点だけだった。

「それは——」

シモンが言葉を濁す。

でも答えは決まっている。

「可能性があるのはひとりきりだろ。ユーリイ。他にはなんのカードもない。手札を失《な》くしたのは僕だけじゃない。貴方《あなた》も、平穏も同じことだ。今、まともに世創部と張り合えるのはユーリイだけだ」

「彼は君のものではない」

「もちろん。貴方のものでも。けれど他に切れるカードはない。僕は今回の開戦が決まってから、ずいぶん長いあいだユーリイと話してきた。彼がこれから戦場でしようとしていることは、だいたいわかる」

「その情報を、差し出すというのか？」

「違う」

誰に、どの情報を渡すとか。誰が誰を信用して、誰が裏切るとか。

もうそういう話をしている段階は終わった。

「月生さんが死に、白猫さんが残った。詰んでいるんだ。普通に考えれば、平穏は。世創部かユーリイ、勝った方が架見崎《かみさき》のゲームの勝者になる。それでもまだ平穏が戦いに絡《から》みたいなら、シモン。そろそろ真面目《まじめ》に現実をみろよ」

自身の攻撃的な口調に顔をしかめて、深く息を吸う。冷静になんて、なれるわけがなかった。けれど表層を取り繕う。ここでシモンと決別すれば、なんにも始まらない。

彼に求めていることは、ひとつきりだ。

「僕は別に、平穏な国を愛しているわけじゃありません。他にはどうしようもなくて、またまこのチームにいるだけです。でも。架見崎の勝者をウォーターにも、ユーリイにもしたくはない。もちろん、ヘビにも。この馬鹿げたゲームの勝者に、僕はリリィを推す。それだけで僕たちは、手を取り合えるはずです」

香屋はシモンの九割が嫌いだった。同じように、平穏な国というチームも。けれど、ひとつだけ。リリィがトップであるという一点だけで、このチームには価値がある。戦いを基本としたこの架見崎で、戦うことを拒否する彼女に仕えようと決めた、その一点だけで。

シモンが不機嫌そうに答える。

「どう手を取り合う？」

「僕は平穏な国、第一部隊のリーダーです。つまり戦闘において、チームの責任者です。その通りの役割を認めてくれればいい」

そう告げながら、香屋はまだ震えていた。その震えはいっそう大きくなっていた。声も震え、おそらくそれは、シモンにも伝わっただろう。

――僕は、また人を殺すのか。

なんのために？　生き残るために。馬鹿げている。

震えながら、だが香屋は言い切る。

「もうすぐそちらに着きます。戦場の検索《サーチ》を続けてください」

次にトーマは、誰を戦場に送り出すだろう？

怖いのはやはり白猫だった。トーマは極めて優秀な回復能力を持つ。万全な白猫が再び戦場に現れることが怖かった。

けれど、それ以上に。

今、最悪なのは、ヘビが現れることだ。

＊

月生と白猫の決着——月生の死の直後から、戦場が停止した。

平穏な国と世界平和創造部、双方が動く理由を持たなかった。

世創部側は、白猫という切り札を手元に残した。異様な速度で戦場を移動し、交戦すれば必ず勝利するそれは、今となっては架見崎に唯一《ゆいいつ》残されたジョーカーだった。

だから、平穏側は動けない。あらゆる作戦が白猫ひとりに打ち砕かれるから。一方で世創部側は、動く必要がない。あらゆる状況で、白猫の後出しが最適解だから。

ごく単純な状況——けれどこのとき、思考を続けていたのは、両チームの中核の、ほんの数人ずつだけだった。残る人たちは、ひたすら月生の死に打ち震えていた。

最強が死んだ。

これまで、絶対だった彼が。

平穏な国の人たちは敗戦を悟り、世創部側は勝利を確信していた。

その中で、ただひとり。

ユーリィだけは、まったく別の意味で思考を放棄していた。

なぜなら現状も、彼にとっては「当たり前に起こり得る展開」のひとつでしかなかったからだ。必要な思考は、すでに終えていた。

＊

黒猫《くろねこ》は、唐突に目の前に現れた、その天災のような男を睨《にら》む。

「なぜ、ここにいる？」

ユーリィ。月生が死に、白猫が重傷を負った今、おそらく架見崎の最強といえる男。

彼はこちらを小馬鹿にするように首を傾《かし》げてみせた。

「だって、ここは戦場だよ？　傷ついた敵兵に追撃をかけるのは定石だ」

そんなことはわかっている。そんなことは、当然だ。でも。

黒猫は、背中に背負った白猫の温度を感じる。

――この人を、死なせるわけにはいかないんだ。

ならユーリィに打ち勝たなければならない。でも、そんなことが可能だとは思えない。

背中の白猫が言った。

「戦おう。ふたりで」

けれどその声は、ずいぶんか細い。白猫はすでに戦える状態ではない。

首を横に振ったのは、なぜだか、ユーリィの方だった。

「すべての解決を暴力に頼るのは、健全な姿勢だとはいえないよ。できるなら僕は、話し合いで決着をつけたい」

怒りに任せて、黒猫は叫ぶ。

「いったい、どこに話し合う余地がある？」

けれどユーリィの顔つきは、当たり前に涼しい。

「これから白猫さんを殺す。できれば抵抗しないで欲しい。代わりに、黒猫さんには手を出さないよ。必要であれば、白猫さんのポイントをそちらが回収してからでもいい」

黒猫は顔をしかめる。

「そんな話、受け入れられるわけがないだろう？」

ユーリィはほんの一瞬、冷ややかな目をこちらに向けた。

「すまないが、交渉の相手は君じゃない」

その言葉で、背中の白猫が笑った。

「どうする？　リーダー」

黒猫は、ようやく気づく。すぐ後ろにウォーターが立っている。彼女は瞬間的に位置を移動する能力を持つ。

ウォーターが言った。

新潮文庫＊今月の新刊

妻。夫。恋人。
危険な関係の行く末は。

# 血も涙もある

## 山田詠美

35歳の桃子は、当代随一の料理研究家・喜久江の助手であり、彼女の夫・太郎の恋人である——。極上の料理と残酷な真実を描く詠美文学！

649円
103627-4

はサリン事件と
闘ったのか。

# 沙林 偽りの王国（上・下）

## 帚木蓬生

各825円
118830-0／31-7

「別に、こちらが追い込まれているってわけじゃない。オレが白猫さんに触れれば、彼女の傷が癒《い》える。白猫さんが全快すれば、貴方だって敵《かな》わない」

ユーリイが頷《うなず》く。

「けれど僕はそのあいだに、君を殺せるかもしれない。ウォーター。君が死ねば、世界平和創造部が消える。チームがなくなれば、もう白猫さんも能力を使えない」

「うん。この状況、どちらが有利だと思う？」

「七対三で僕かな」

「オレは五対五くらいだと思うけど」

「どちらであれ、あまり乗りたくはないギャンブルだろう？　お互いに」

背後のウォーターが、ふっと息を吐いた。苦笑するように。

「貴方の提案に乗ったとして、白猫さんの遺体は？」

「さあ。好きにすればいい」

「なるほど。貴方の狙《ねら》いは、コンテニューの使用回数か」

コンテニュー。

それはパンが持つ、死者蘇生《そせい》の能力だ。もちろん白猫が死ねば、世創部は必ず白猫を生き返らせる。

ユーリイが頷く。

「あの能力は、今夜の僕のスケジュールを狂わせるかもしれない。だから使用回数を枯渇《こかつ》させておきたい。僕の提案に乗っても、この戦いは君たちの圧勝だろう？　そちらは月生を殺した。対してこちらが手にするアドバンテージは、ただコンテニューを縛るだけだ」

背後のウォーターが、小さな舌打ちを漏らした。

「そんなことのために、白猫さんを見捨てさせようっていうの？」

「どうかな。生き返ることが決まってるなら、見捨てるわけではないんじゃないかと僕は思うけどね」

「なんにせよオレに、つまらない命令を出させようとしている」

「いいかい？　ウォーター。こういうのが嫌なら、慌《あわ》てて戦場まで飛び出してこなければよかったんだ。僕が白猫さんを殺してからゆっくりやってきて、その遺体にすがりついて泣いていればよかった」

「かもね。でも、仕方ないでしょ？　つい来ちゃったんだから」

「君はとても優秀だ。けれど、しばしば効率的じゃない」

「うん。あんまりその言葉に興味がないんだ。でも、ここからは効率的に進めよう」

ウォーターが、黒猫の前に歩み出る。

彼女は片手に端末を持ち、それを耳に当てていた。その端末に向かってしゃべる。

「今すぐ、コンテニューを使って。方法は任せる。とにかく使用回数がなくなればそれでいい。――うん。それだけ呑《の》んでくれれば、あとは君のプランで進める」

通話相手は、パン？

けれど、どうやってコンテニューを使うのだろう？　多くの能力は、対象がなければ発動しない。つまり彼女の目の前に死体が必要だ。

そのはずだったが、ウォーターは端末を耳から離す。

「準備できたよ。オレたちはこれから、ずいぶん無意味にコンテニューを使う。次のループまで、あの能力はもう使用できない」

「うん。ありがとう」

「これで、わざわざ白猫さんを殺す必要はないね？」

「まったくだよ。とても効率的だ。こちらの検索士《サーチャー》が能力の使用を確認したなら、僕はここから立ち去る」

「オーケイ」

ウォーターは端末に向かって、「頼む」と言った。

ユーリイの方も自身の端末を確認し、満足したように頷く。

「良い取引だった。その辺りまで送ろうか？」

「いいえ。互いに、次の戦いの準備もあるでしょう」

いったい、なんだ、これは。

黒猫には意味がわからない。いや、もちろん、ユーリイがコンテニューの使用回数をゼロにするためにここに現れたのはわかる。けれどその狙いの先が読めない。

こちらが混乱しているうちに、ユーリイが言った。

「じゃあ、またそのうち」

彼は軽く手を振って、こちらに背を向けて歩き出す。

＊

ユーリイは背後を警戒していたが、あちらからの攻撃はないようだった。

つまり、このタイミングで白猫との第二ラウンドが始まることを想定して用意したあれこれは、無駄になったという意味だ。

なんだか少し、残念な状況でもある。コンテニューの使用回数の枯渇は、もちろんヘビを上手に殺しきるための準備だが、白猫を排除する意味でも有意義だ。とはいえ今日はヘビ戦に集中する予定だから、こちらから白猫に喧嘩《けんか》をふっかけるのも違う。

歩きながら、ユーリイは笑う。

――さあ、暴《あば》こうか。

ヘビを。架見崎を。

ユーリイはもちろん、ヘビを消し去るつもりでいる。

けれど、できればもう少し欲張りたい。

ユーリイはヘビから、すべてを奪うつもりでいる。

2

交戦開始が午後五時三〇分。月生と白猫の戦いの決着が、五時三五分。

香屋はその二分後——三七分に教会に入り、四〇分に礼拝堂に通された。

礼拝堂にはシモンの他に、聖騎士と呼ばれる部隊リーダーたちのうちのふたり——ホロとマカロンの姿もあった。そしてようやくこの戦いの作戦会議が始まった。あまりに遅すぎる。

香屋は泣き顔みたいに顔をしかめながら、彼に告げる。

「ヘビと戦ってはいけません。人が、死ぬだけです」

もしも月生がいたなら、まだ希望はあった。ヘビがどれだけ上手に戦えるとしても、圧倒的な力で押し切ることができたかもしれない。でも、今はもう逃げるしかない。

「まともにやり合える可能性があるのは、ユーリイだけです。あとはあの人に任せて、僕たちはサポートに徹しましょう」

だがシモンは話に乗らない。

「すべてをユーリイに頼ったなら、架見崎の覇者は彼になるだろう。私たちは戦わなければならない。リリィのために」

「人が死ぬことが、どうしてあの子のためになるんですか？」

「そういうことではないんだ。私たちは、あくまで私たちの意志で命をかけて戦う。それが平穏な国というチームだよ」

　話にならない。

　まったく、ちっとも。

「そんな話をしてるんじゃない。勝てないものは、勝てないんです」

「わからないよ。やってみなければ」

「じゃあどこまでやってみるつもりなんですか。何人、死ぬまで」

「少なくともうちにはまだ、充分な戦力があり、聖騎士がいる。失ったのは月生ただひとりだけだ」

　ふざけるな。

「その戦力がぼろぼろと崩れ落ちていくのを、ただみているっていうんですか？　人が、死んでいくのを」

　なにもかもが遅すぎる。

　それは、シモンだけの問題でもない。香屋も同じだ。

　世創部が白猫に七〇万Pを集めた時点で、平穏な国内において、香屋がある程度の発言力を持つことは決まっていた。白猫に対抗できるのは月生だけ。彼が白猫に勝利したならもちろん香屋の発言力は高まる。そして、もしも敗北したとしても結果はそう大きく変わらない。次に平穏がすがれる相手はユーリイしかおらず、そのユーリイと密に意見を交換していたのは香屋だけだから。

きっと、もう少し。もう何十分か戦って、平穏な国が追い込まれれば。それはつまり人が死ねば、シモンは態度を変えるだろう。

——開戦の前から、ここまではみえていた。

どれだけ不信感があったとしても、シモンがこちらに歩み寄らなければならない。そこまでは、決まっているんだ。なのにまだ詰め切れない。あまりに遅すぎる。

ろくに話がまとまらないまま、押し問答で時間だけが過ぎていく。

検索士《サーチャー》からの連絡が入ったのは、午後六時になる五分前だった。

「世創部、動きました」

端末にデータが送られ、香屋はそれを確認する。——正確には、データを確認できないことを確認する。

再び世創部側がジャミングを張っていた。濃密に。

それはすでに一度、リャマが攻略した戦法だ。けれど無意味ではない。このジャミングを晴らすには、テスカトリポカに頼るしかない。彼女の能力にだってもちろん使用回数の制限があり、それはどんどん目減りしていく。

「せめて、もう少し引きましょう」

香屋は告げる。

「平穏の戦力を、この教会のすぐ傍まで。皆が視認できる距離で戦いましょう」

シモンが首を横に振る。

「戦場をリリィに近づけてはならない」

ふざけるな。

胸の中で何度も繰り返した言葉を、つい叫びそうになりながら、香屋はどうにかそれを呑み込む。感情をぶつけてもシモンは動かない。

——僕は、正しく足掻《あが》かなければならない。

でも、どうやって？

不安と不満に押しつぶされた声で、香屋は囁《ささや》く。

「では、全員に通達を。——目の前の敵を、殺してはいけない」

内心では、わかっていた。

——こんなものは無意味だ。

戦場で「敵を殺すな」なんて指示は。誰もそんなものに従わない。きっと戦場に香屋の言葉が伝わりさえしない。

それでも、最後まで言い切る。

「ユーリィをサポートしましょう。どうしたところで、この戦いを勝ち切れるのは彼しかいない」

ヘビが来る。

これから、惨劇が始まる。

＊

平穏な国において、ワタツミは優等生だった。

二五ループほど前に架見崎に現れた彼は、間もなく強化士《ブースター》としての頭角を現した。もともと幼い頃《ころ》から剣道を続けており、戦うことは得意だった。

それに、最初に拾われたチームが平穏な国だったのもよかった。愛を尊び、他のチームを強引に侵略することを否定する。自らを「正義」だと信じられるチームの雰囲気が心地よかった。

もちろん平穏な国にも欺瞞《ぎまん》はある。どう言い繕ったところで、平穏な国は暴力を用いて他のチームを取り込むことで成長してきたのだ。けれどワタツミはその欺瞞を受け入れていた。――だって、仕方がないじゃないか。そうしなければ、架見崎で平穏を築くことなんて、できはしないのだから。

ワタツミはまずまず賢く、まずまず冷静な人間だった。だからこの、「仕方がない」という考え方が、自身の根っこにあることにも気づいていた。

仕方なくチームに従い、仕方なく戦う。その環境に安心している。自らはなにも判断しなくて良い環境が気楽だった。だから、平穏な国というチームに、ワタツミはすぐに馴染《なじ》んだ。とりあえず「リリィのため」と言っていれば、思考を放棄できるのだから。

――でも、本当に？

最近、ワタツミは疑問を覚えつつある。

その理由は、平穏な国が急速な成長期を終え、停滞期に入ったからだろう。

ワタツミが架見崎を訪れてから、二〇ループ間ほどは、平穏な国はきわめて居心地が良いチームだった。架見崎の三大チームのひとつとして、勝ちが決まっているような戦いを繰り返し、その利益だけを甘受していればよかったから。仕方なく戦って、しっかりと勝利して、「ああやっぱりオレは強いな」だとか、「オレたちに戦いを挑むこいつらは馬鹿だな」とか、スナック的な優越感で満たされていられた。

けれど最近は、もう違う。

架見崎からは弱小チームも中堅チームも消え去り、残ったのは明らかな強者だけだ。その中で、平穏な国は薄っぺらく、見劣りがする。かつてはこのチームの優等生であることが、イコールで架見崎の優等生だったのに。いつの間にか、平穏な国というチームは、袋《ふくろ》小路《こうじ》に陥っていた。

――オレはどこかで、判断を間違えたのだろうか？

たとえばどこかで平穏な国を見限り、より強いチームに鞍替《くらが》えするべきだったのだろうか？

おそらくワタツミがその気であれば、ユーリイや、あるいはウォーターの下につくことはできただろう。

けれど改めて考えてみても、それらは現実的ではなかった。つまり、ワタツミが「平穏を離れる気になる」というシチュエーションに、現実味がなかった。

――オレは意外に、このチームが好きなんだよな。

平穏な国はリリィという、無力な少女を崇《あが》める。だからこのチームにいる限り、少女を守るための、誇り高き騎士になったように錯覚していられる。殺し合いにおいて万能な言い訳が用意されている温《ぬる》さが、わりと好きだ。

だから、仕方がない。

自分たちを正義だと偽りながら、略奪行為を続けてきたのと同じように。

無力な少女に偶像の役割を押し付け、思考を放棄し続けてきたのと同じように。

ワタツミはちっぽけなヒーロー願望みたいなもので、今、平穏な国とリリィに命をかけている。それは、仕方がない。逃れられない成り行きだ。

「さあ、戦おう」

ワタツミは部隊リーダーとして、率いたメンバーたちに告げる。

あるいは、ただ自分自身に向けて宣言する。

このときワタツミの第六部隊は、普段のおよそ倍――三四名までその数を増やしていた。単独行動が求められる雪彦《ゆきひこ》から、彼の部隊の人員を多く引き取っていたことが理由だ。

この、平穏な国の主力と言えるチームは、世界平和創造部とのチームの境界に配置されていた。その境界を越えて、敵がやってくる。

目視できたのは、たったひとりきりだ。

その敵は、まだ幼い少女の姿をしていた。身長は、一五〇センチほどだろうか？　ワタツミからはずいぶん小さくみえる。長い黒髪の少女で、レザー製の小さなリュックを背負っている。

ワタツミはその少女の姿を、どこかでみたことがあるように感じた。

少女が足を止めて、にっこりと微笑《ほほえ》む。

「やっほう、お久しぶりです。私がまだ平穏な国にいたころ、何度かお会いしたことがありますが、覚えていますか？」

その幼い声を聞いて、思い出す。

以前、平穏な国にいた外様《とざま》の聖騎士――アズチという名の部隊リーダーが連れていた検索士《サーチャー》だ。アズチの死後は、ウォーターに取り入っていた。

名前はたしか、モノ。

笑みを浮かべたまま、彼女――モノは端末を取り出す。

「さあ、戦いを始めましょう。手っ取り早く、てきぱきと」

モノがわずかに身を屈《かが》め、地を蹴《け》った。

＊

平穏な国には、例外的に多くのポイントを持つ部隊がふたつある。

香屋歩の第一部隊と、ユーリイの第八部隊。香屋の方は月生が七〇万ものポイントを預かり、それを香屋に差し出して死んだのが理由だ。

この例外ふたつを除くと、もっともポイントを持つのが雪彦の第二部隊。それについで、ワタツミの第六部隊だった。

よって、ワタツミの部隊は充分に強い。全員を合わせると一七万。ワタツミひとりだけでも八万を超えるポイントを持ち、並の敵には負けはしない。平穏な国においては「確実に勝つこと」が期待される、エースチームのひとつだった。なのに。

その戦いは、三六秒間で終了した。

三六秒後、ワタツミの部隊は全滅していた。彼自身を除いて。

＊

テスカトリポカは、その異様な戦いをみつめる。

世創部から現れたひとりの少女が地を蹴った。――その直後、第六部隊の射撃士《シューター》が彼女を射貫《いぬ》く。射撃《シュート》の光が少女の胸を貫通し、空の向こうへと消えていく。

あまりに容易《たやす》い決着に、第六部隊の方が意表を突かれたようだった。

彼らは一瞬、硬直し、そして異変が起きた。

第六部隊のひとり――先ほど少女を射貫いた射撃士《シューター》が、ふいに仲間を撃つ。ひとり、ふたり。三人目でようやく、第六部隊が反応する。ナイフを持った強化士《ブースター》がその射撃士《シューター》を押さえつけた。だが、射撃士《シューター》の方は地面に倒れながらもなお攻撃を止めない。強化士《ブースター》は肩を射貫かれながら、ナイフを射撃士《シューター》の胸に突き立てる。

「なにが、起こったんだ？」

おそらく、刺された射撃士《シューター》の様子をみるためだろう、別のひとりがそちらに近づいた。射撃士《シューター》を刺した強化士《ブースター》は、ナイフを遺体から抜き取って、妙に無感情にみえる動作で近づいてきたひとりを刺す。そのころになって第六部隊の面々は、ようやく正常に混乱する。なにか異常な攻撃を受けている。

テスカトリポカには、そこで起こっている現象が、もう少しはっきりとわかった。

――ヘビは伝染する。

自分を殺した相手に乗り移り、その相手を支配する。次々に宿る先を変えて新たな肉体を操作する。

ナイフを持つ強化士《ブースター》を、また別の射撃士《シューター》が射貫く。するとヘビはそちらへと移動する。放っておけば殺されて、殺せば自分に感染するヘビ。戦うこと自体が誤りの戦場。いったい誰が、こんな環境に対応できる？

――ヘビが異常なのは、あまりに相手への理解が高いことだ。

第六部隊の混乱が収まらない。ぶちまけたガソリンに火花が飛んだみたいに、恐慌《きょうこう》がどこまでも燃え広がっていく。もう誰も冷静ではない。目を見開き、身体が震え、そして本能に従って攻撃を選ぶ。

きっとヘビは、意図的にその混乱を作っているのだ。冷静な人間は自らの攻撃で殺し、そうではない人間の手で殺される。その繰り返し。戦いを止めて逃げ出す——その唯一の正解を選べる人間を優先的に戦場から排除して、他の全員を勝ち目のない戦いに引きずり込む。第六部隊はひとりずつ数を減らし、残りはもう、ほんの数人になっている。

テスカトリポカの隣に立っていたひとりが言った。

「いこう。みていられない」

そのひとりはユーリィの顔をしていた。

「あれを倒せばみんな終わるなら、早くそうしてしまおう」

彼女は震えた声でそう呟《つぶや》いて、戦場に足を踏み出した。

## 3

——オレの部隊が、全滅した。

ワタツミにわかったのは、そのことだけだった。

三六秒間で、三四名のうち、ワタツミを除く三三名が死亡した。だいたい一秒ごとにひとり死んだ計算になる。

いや。もうひとつ。最後のひとりは、ワタツミ自身が殺した。それもわかっていた。

ジャンピーという男だ。

彼は、まずまず信頼できる強化士《ブースター》だった。部隊内でも、三番目か四番目の立ち位置だ。

ワタツミは彼を殺すつもりがなかった。おそらく敵から洗脳のような能力を受けているのだろうと察して、なんとか無力化して捕らえるつもりだった。

なのに。

「え？　これ、どういうことですか？」

ジャンピーが、自身の濡《ぬ》れた手を見下ろした。彼が仲間を殺してついた血だった。

そのときの怯《おび》えたようなジャンピーの目は、間違いなく本物の彼のものだった。戦場で敵対した相手には狂暴でありながら、仲間の死を素直に悲しみ、架見崎という場所を恨んでいる。誰だってそうであるように、根っこは優しい男だった。

彼の、うっかり大切なものを壊してしまった少年のような困り果てた目をみたとき、ワタツミの中で、ある種の壁が崩れた。心の周りに張り巡らせていた壁が。

「ジャンピー。君は――」

おそらく、なんらかの能力によって洗脳されていたんだ。

君が自分の意思で仲間を殺したわけじゃないんだ。

ワタツミは咄嗟に、そんな風に、彼を庇《かば》おうとした。その直後だった。

ほんの一瞬。ジャンピーの目から、感情が消えた。

その一瞬で、彼はワタツミに殴り掛かり、ワタツミは手にしていた刀――能力で生み出した実体のない刀だ――で、ジャンピーを切り裂いていた。

――誰かがオレに、ジャンピーを殺させた。

倒れる彼を目で追いながら、ワタツミはそう確信する。

能力で操られたわけではなかった。その操作はもっと微細で、だが決定的だった。

一瞬、ジャンピーが自我を取り戻した。そのせいでワタツミは、自分が戦場に立っていることを忘れた。一度警戒して、それから心を許した相手に攻撃されたから、咄嗟の反応を理性で制御できなかった。本能が自身を守るために攻撃することを選んでいた。

手の中から、実体のない刀が消える。

血を流して倒れたジャンピーを目で追って、ワタツミは恐怖で震える。

――オレは、どうなる？

敵はどんな能力を使っている？　その効果はすでにワタツミ自身にまで影響を及ぼしているのか？　わからない。仲間に――平穏の他の部隊に合流したとき、オレはいったい、なにをする？

声が聞こえたのは、その直後だった。

「ワタツミ」

振り返るとそこに、三人の男が立っていた。

みんな知っている。うちふたりは、架見崎ではまずまずの有名人だ。

一方は少年のような外見の、PORTの円卓の一員だった男、ニッケル。「例外消去《オリジナル》」という名の、その他能力を拒絶する能力が彼の代名詞だ。

もう一方は、元キネマ倶楽部《くらぶ》のキド。近距離から中距離を得意とする変則型の射撃士《シューター》で、以前から評価は高かった。とはいえ当時は「弱小チームにいるにしては」というレベルだったが、その後はエデンの主力となり、おそらく個人での戦力は架見崎で五指に入る。そして、このふたりを従えた最後のひとりは、まずまず有名なんてものじゃない。

ユーリイ。

まだ勝負が決しない架見崎で、王者と呼ばれた男。

彼が奇妙に硬い印象の無表情でこちらをみている。

「戦いを、終わらせよう」

そうユーリイが言った。震えるような声で。

直後、キドが動く。速い——ワタツミの想定よりも、はるかに。間近に迫った彼が、手にしたハンドガンで殴りつけるように腕を振る。ワタツミは咄嗟に抜刀していた。右手をふると宙から、実体のない刀が現れる。その刀身で、キドのハンドガンを受ける。

「待て。オレは、正常だ」

少なくともまだ、今のところは敵の洗脳を受けていない。そのはずだ。

キドは平気な顔で答える。

「殺しはしませんよ。ちょっと、詰め将棋に付き合ってください」

言葉と同時に、彼は引き金を引いていた。射撃《シュート》の光が放たれる。まずは目の前の銃口から。だがほとんど同時に、彼のもう一方の手に握られたハンドガンからも。

ワタツミは刀を振り上げて銃口を逸《そ》らし、ひとつ目を回避する。だがふたつ目には対応できない。反射弾――地で跳ねたそれがワタツミの左足を掠《かす》める。

鋭い痛みを感じながらも、ワタツミは刀を振っていた。

――やるしか、ないか。

あちらがこちらに攻撃を仕掛けてくるなら、反撃しないわけにもいかない。だいたいユーリイの部隊は名前が平穏な国であるだけで、仲間だとも思えない。となりにいた敵が当たり前にこちらに牙《きば》を剝《む》いただけだ。

だからワタツミの刀に、迷いはなかった。

自身にとって最良で、最速の攻撃。だがキドは軽くそれを回避する。

速い。純粋に。強い。だが。

ワタツミはまだ、自分が勝てると信じていた。少なくとも、キドだけが相手であれば。後ろにいるユーリイまで考慮しなければ。なぜなら手を伸ばせば触れられる場所にキドはいるのだから。

――この距離で射撃士《シューター》と戦うなら、それは強化士《ブースター》の必勝だ。

ワタツミの右手から刀が消える。と、同時に左手に刀が生まれている。出し入れ自在なこの武器は、相手の死角から二撃目を加える。なのに。

それを振り切る前に、ワタツミの方が体勢を崩す。すぐ背後で爆発が起こり、その衝撃で背中を叩《たた》かれたのが原因だった。

もうひとり敵がいる？　違う。着弾地点で爆発する弾――破裂弾。だが、キドはいつそれを撃った？　いつ銃を持ち換えた？　ワタツミはバランスを崩しながら刀を振り切る。キドは軽くそれを回避している。彼の銃口がワタツミの手の中の刀に添えられた。同時にその銃口は光線を放っていた。衝撃で、ワタツミの手の中から刀が飛ぶ。

無意味。ワタツミの手を離れた刀は宙で消えてなくなる。そしてワタツミの右手に、また新たな刀が生まれる。――無意味？　キドはすでに次の攻撃を終えている。ハンドガンの底でワタツミの右手の甲を強《したた》かに叩く。また、刀が手から飛ぶ。

目の前に銃口。だが、発砲されない。衝撃は腹に感じた。シンプルに殴り飛ばされる。

――強い。

痛みよりも、衝撃が身体を走っていた。

キドが強いことはわかっていた。ポイントをみれば格上。最近はあの白猫とさえ、まずやりあったという。けれど、どこかで軽くみていた。あくまで弱小チームのリーダーというイメージを拭《ぬぐ》えていなかった。

――オレは、勝てない。

勝負にさえならない。

そう悟ったワタツミは、咄嗟に、横に跳んで逃げていた。本来ならあり得ないことだ。射撃士《シューター》が距離を詰め、強化士《ブースター》が距離を取るなんていうのは。まるで敗北の宣言みたいだ。

ワタツミ自身にさえ意外だったその動きを、なのにキドは読んでいたようだった。ぴったりとこちらの動きについてくる。彼の手の中のハンドガンが光る。光線が地面にぶつかって跳ね上がる。想定外の角度からの攻撃を、ワタツミは強引に身を捻《ひね》ってどうにか回避する。キドの手がワタツミの腹に添えられていた。いつの間にか、その手からはハンドガンが消えていた。なにか脚本通りのマジックをみているような気分。そして。

射撃士《シューター》が、強化士《ブースター》を投げ飛ばす。

すぐ耳元で、キドが言った。

「さあ、正体を現せ」

その声が、ワタツミが知覚した最後だった。

宙に浮いた身体が地面に激突する前に、ワタツミの意識は戦場から消えた。

＊

ニッケルは自身に起こったことと、これから起こることを、ほとんど正確に理解していた。自分が優秀だから、だとは思わない。ユーリイの方が、自身の考えだとか、能力だとかを隠すことを止《や》めたのが理由だ。

もしかしたらそれは、PORTが崩壊し、エデンまで消失したことによる、いちばん大きな影響なのかもしれない。

つまりユーリイはもう大チームのトップではない。今の彼は、かつてほどチーム内の敵を気にしていない。より大胆に動く。

ニッケル自身はこれまで、ユーリイという存在を、最大限高く評価してきた。物事がごく当たり前に推移すれば、彼が架見崎の勝者になるだろう。だからニッケルはウォーターの誘いに乗った。いちおう、曲がりなりにも架見崎のゲームを勝ち切るつもりがあるのなら、誰と手を組んででもまずユーリイを排除することを目指すしかない。

けれど今のニッケルは、ユーリイを裏切ることさえ許されない。

彼自身の能力により、洗脳を受けていることが理由だ。

――正体を現せ。

それが合言葉だよ、と彼に言われている。

ニッケルは事前に指示されていた通りに足を踏み出し、自身の能力を使用する。

――例外消去。

その効果範囲に目の前のひとり――ワタツミを入れることだけを、ニッケルは求められている。

＊

キドがユーリイから受けた指示は、また別のものだった。

――きっと「それ」は、ニッケルの動きを読んでいる。

ちょうど、ぎりぎり、例外消去の効果範囲外まで逃げ出すはずだ。

彼の予言は当たった。

キドは確実にワタツミの身体の自由を奪ったつもりだった。彼は宙に浮かび、あとは地面に落下するだけだ。身動きは取れないはずだった。だが。

ふいにワタツミの手の中に刀が生まれる。その切っ先が地面を刺している。ワタツミは機能的な動作で刀を蹴り、ニッケルから距離を取る。それはキドには、クイックターンをする水泳選手のようにみえた。

陸上では見た覚えがない種類の動きに、なんだか呆気《あっけ》にとられながら、キドはどうにかワタツミを追う。

――容赦なくやってくれよ？　ここが、今回の作戦の肝なんだ。

なんて、ユーリイは言った。

きっと彼なりの冗談なのだろう。

キドは腕を振る。放り投げたのは、ナイフでもなければ手榴弾《しゅりゅうだん》でもない。ほんの小さな愛玩《あいがん》動物が宙を舞う。

その直後、ニッケルの例外消去が発動した。

例外消去の範囲から、ワタツミは――彼の中にいるはずの「それ」はすでに逃げ出している。けれどふたりの例外が、まだ範囲内にいる。

一方は、ユーリイの姿をした彼女。

もう一方は、ワタツミに向かって宙を飛ぶただ一匹のハムスターだった。

＊

範囲内のその他能力《オリジナル》が消えてなくなり、ユーリイの姿をしていたスプークスが彼女の姿に戻る。

そして、同時に、一匹のハムスターに姿を変えていたユーリイも、本来の姿に。

――完璧《かんぺき》だよ。キド。

目の前にワタツミの姿をみつけて、微笑む。

ユーリイはハムスターだったあいだ、自我を持たなかった。

けれど戦場に放り出されても、混乱はない。なぜならすべて、自身で計画した通りの出来事だからだ。

スプークスがユーリイに成り代わり、ユーリイは決定機までキドのポケットで丸まっている。この不格好な迷彩は、ヘビには効果がないだろう。けれどヘビが宿る先――ワタツミには影響する。見た目上、ユーリイと、ニッケルと、キド。この三人が並んでいたなら、キドのポケットの中に潜んでいた小動物まで警戒されることはない。

――確実に、ヘビが顕現している状態で。

キドは綺麗《きれい》にそのシチュエーションを作った。きっちりと丁寧に、ワタツミを追い込んでみせたのだろう。ヘビの方は「例外消去」が使用される前に、表に出てこざるを得なかった。

――間近で、逃れようもなく、しっかりと。

王手を指すのはユーリイの仕事だ。

ドミノの九九番目。強力な洗脳能力でありながら、対象が自身を「地球人ではない」と確信していなければ倒れない、重たいドミノ。

目の前にいるのがワタツミであれば、そのドミノが倒れることはないだろう。

けれど、もしも「それ」がヘビであれば、問題なく機能する。

ユーリイの指先が、端末を叩いた。

＊

ユーリイの「偽《にせ》の記憶」を手にしたスプークスは、今では彼を信頼している。そしてワタツミの中にいる、ヘビと呼ばれる存在が、今すぐ排除すべき悪であると心の底から信じている。

スプークスは、戦えないわけではない。三万Pほどの射撃《シュート》とそれを支えるための強化《ブースト》を持ち、充分な戦力といえる。けれどそれらは主に自衛のための能力で、本来は情報収集を専門とする。今、こうして戦場に立っているのも、もちろん情報収集が目的だ。

「逃げないで」

ユーリイが身を屈めるようにして顔を突き出し、ワタツミに告げる。

「これから君は、すべての言葉を肯定する」

ワタツミは――彼の形をしたヘビは、呆気なく頷く。

「わかった。肯定しよう」

これで、準備は整った。

ヘビに向かってスプークスは叫ぶ。

「貴方は、私に似ている」

どこが？　――まったく、似ていない。

けれど「ドッペルゲンガー」と名付けられた能力に、スプークス自身の意思は関与しない。だいたい、これまでだって。スプークスは自分が、誰かと似ていると感じたことなんてない。例外はユーリイだけだ。王者と呼ばれながら、空っぽのような彼。

ヘビが答える。

「そうだな。よく似ている」

これで、「ドッペルゲンガー」の条件は達成だ。

スプークスのリストに、ヘビの記憶のすべてが加わった。

＊

――ヘビは消し去る。だが、その前に、ヘビが持つすべての情報を手に入れる。

ユーリイは本日の戦いの目的を、そう設定していた。

スプークスは問題なくヘビの情報を手に入れただろうか？　ヘビは「ドッペルゲンガ

ー」ですべてが明らかになるほど常識的な、架見崎の内側に収まる存在なのだろうか？

ユーリイにもわからない。

――でも、これ以上は欲張りすぎだろうね。

ヘビという存在を、ユーリイはまずまず警戒している。

だから、予定通りにそれに告げた。

「自害して。すみやかに」

ヘビはさすがに、優秀だ。その言葉の前に動き出している。

彼――ヘビの性別は知らないが、身体《からだ》はワタツミなのだから彼としよう――の動きは、ユーリイからみても非現実的だった。

ユーリイの指示に従いながら、つまり長い刀を自身の胸に突き刺しながら、地を蹴ってニッケルに飛び掛かる。まるで複数の意思が、たったひとつの身体を同時に操っているようだ。手と足とが独立して動いている。

――ニッケル。

彼の方の洗脳は、すでに解けている。ニッケル自身が「例外消去」を使ったため、当然その範囲内にいた彼もその影響を受けた。

――ニッケルが殺されてくれれば、話は簡単だ。

ニッケルが死んでも、ヘビはワタツミの肉体に留《とど》まる。そしてその肉体は、自らの攻撃で間もなく死亡する。「自身を殺した相手に乗り移る」ヘビの能力の特性は厄介だが、死因が自殺であれば、おそらくそれも発動しないはずだ。

——でも、ニッケルがただ死ぬということはないだろうね。

PORTにおいても、ニッケルはまずまずできる人材だった。程よく賢く、程よく慎重で、程よく野望を持っている。だから、簡単には死なない。

——ニッケルはどこまで、現状を理解している？

ユーリイは彼に、ヘビのことを伝えていない。

それでも充分に頭を働かせていれば、だいたいみんな理解しているだろう。

——みんな理解していたなら、ニッケルはなにを選ぶ？

予想はつくが、確信はない。なんにせよ。

ユーリイはニッケルを守ってあげてもよかった。ヘビを確実に殺すために。ヘビが架見崎に存在し続ける道を断ち切るために。

けれど、むろん、ヘビの方もそれを警戒している。ワタツミの身体を持つそれは、自らに突き刺さっていた刀を引き抜き、スプークスに向かって投擲《とうてき》する。

——すみやかな自殺。

たしかにそのためには、刺さった刀は抜いた方がいい。血がよく流れるから。彼は的確に洗脳に従ったまま、自身の目的も叶《かな》えようとする。

ユーリイは、スプークスを守ることを選んだ。つまりニッケルは諦《あきら》めた。

飛来する刀に右手を差し出す。手のひらにその刃が刺さり、貫通して停止する。

そのあいだに、ヘビとニッケルの交戦が始まり、間もなく決着した。

＊

繰り返しになるけれど。ニッケルは自身に起こったことと、これから起こることを、ほとんど正確に理解していた。

今、ワタツミの中にいる「それ」を推測する材料は、充分に与えられていた。

たとえば以前、ユーリイは世創部から引き取った月生に対し、ニッケルに「例外消去」を使わせた。それから先ほど、ワタツミの第六部隊が全滅する様を目撃した。あれは、異常だった。裏切りとも呼べないような、まったく無謀な仲間殺しの連続。それでニッケルは、その他能力《オリジナル》によって生み出された、呪《のろ》いのような何かがこの戦場に存在することを理解した。

ユーリイはその呪いを警戒しているのだろう。だから本日の戦いで、呪いを消し去ることを第一の目標にした。直接、そう言われたわけではないが、これまでの彼の行動を考えるとまず間違いない。

きっとその呪いは、今はワタツミの中にいる。

そしてニッケルの「例外消去」があれば、その呪いを消し去れる。

呪いは、どんな方法で伝播《でんぱ》する？　おそらく、現在の感染者を殺したとき、殺害者が新たな呪いの感染者となる。第六部隊が崩壊していく様子からもそのルールを想像できた。

だいたい世創部側の少女がただひとり現れて殺されるところからこの戦いが始まっているのだから、あからさまだ。

——じゃあ、その呪いに感染したら、どうなる？

人格を乗っ取られる？　なんにせよ、洗脳を受けたような状態になる。けれどそれはおそらく「常に」ではない。第六部隊の面々もワタツミも、自我を持つ瞬間があった。つまり戦場を支配するその奇妙な呪いはなんらかのルールを持ち、そのルールに応じて対象を操ったり、操らなかったりする。

——なら、僕が選ぶべき道は。

圧倒的なユーリイの支配から逃れる道は、ひとつしかないように思う。

目の前にワタツミがいる。

速い。表情はない。胸から血を流しており、死にかけだ。

ニッケルはその呪いと手を結ぶことを決めた。

＊

ニッケルは強化士《ブースター》でありながら、射撃《シュート》でもなかなかのポイントを持つ。「例外消去」という汎用性《はんようせい》の高い能力も含め、彼は本質的には、独立《スタンドアローン》した存在であることを望むのだろう、とユーリイは想像する。

ともかくニッケルは、ワタツミの生命を断ち切るのに射撃《シュート》を使った。それはニッケルが、新たなヘビの感染者になったことを意味する。

ユーリイはなんだか足元がふわふわとするような、奇妙な感覚に囚《とら》われる。昔、公園にあったグローブジャングル――くるくると回る丸いジャングルジムのような遊具――に振り回されたときの感覚に近い。幼いころは、とくに楽しいとは感じなかったが、今のこの酔いに似た感覚は少し楽しい。

――いったい、どちらがどちらを、どれだけ読んでいるのだろうね？

この、ユーリイとヘビの戦い。

ここまではほとんど完全に、ユーリイの計画通りに進行している。けれど一方的にヘビを追い込んでいるという感じでもない。ヘビはニッケルを手に入れた。それはつまり、ヘビに対しては一撃必殺の攻撃になる「例外消去」をあちらが奪い取ったという意味でもある。

なんだかまるで、互いが同じ脚本を手にして演技をしているようだ。だがその脚本は、結末だけが違うのだろう。ユーリイの脚本には「ユーリイが勝利する」と書かれていて、ヘビの脚本には「ヘビが勝利する」と書かれている。同じルートを歩みながら、まったく正反対の結末を目指している。

「テスカ」

と、ユーリイは、テスカトリポカの名を略して呼ぶ。勝手に人の名を略すのは好みではないが、戦場では、彼女の名前は長すぎる。

なんにせよテスカトリポカも、自身の役割を理解しているだろう。

ニッケルの例外消去は、彼を中心にして発動する。なら、もしも今、例外消去が発動すれば、ヘビには必中だ。そしてテスカトリポカは、他者の能力を強制的に使用する能力を持つ。

無論、テスカトリポカはその能力――「偽手《ぎしゅ》」を使用しようとしたはずだ。けれど少し時間がかかる。この戦場には濃密なジャミングが覆《おお》いかぶさっており、彼女でさえ検索《サーチ》に手間取るはずだから。とはいえ、まったく不可能というわけでもない。平穏な国の検索士《サーチャー》たちは、意外にやる。テスカトリポカはすでに彼らと繋《つな》がっているし――さすがに平穏の連中も、この戦いを勝ち抜くにはユーリイに手を貸すしかないとわかっている――月生と白猫との戦いですでにこのジャミングは一度、攻略している。時間を稼げばさらにヘビを追い込める。

ニッケルの身体を手にしたヘビは、二発の射撃《シュート》を放つ。一方はキドへ、もう一方はスプークスへ。キドは危なげなく、スプークスはどうにかといった様子でそれを回避する。

今のところ、こちら側の弱点は明らかにスプークスだ。だが、ヘビのデータを獲得した彼女を捨てるのは惜しい。

キドに告げる。

「逃げて。スプークスを守りながら」

ユーリイ自身は、ヘビに近づく。

同時に、もう一度、先ほどと同じ言葉を繰り返した。

「自害して。すみやかに」

簡単な確認だ。先ほど、ユーリイはワタツミの中にいたヘビを洗脳した。ワタツミが死に、ニッケルに移動した今も、ヘビへの洗脳は継続しているのか？

残念ながら、ヘビの動きに変化はなかった。自身に向かって射撃《シュート》を打ち込むようなことはしない。すでに洗脳が解除されている。

——面白いね。

ヘビという存在は、おそらく架見崎において、プレイヤーとしては認識されていない。あくまでひとつの能力の効果としてこの世界に留まっている。だからヘビが意識を支配していたとしても、ワタツミはワタツミで、ニッケルはニッケル。別プレイヤーである以上、能力の効果は継続しない。

ユーリイは端末を叩く。もう一度、九九番目のドミノを倒せば、再びヘビを洗脳し直せるはずだ。だが、それは上手《うま》くいかなかった。

まったく無表情だったニッケルが、戸惑ったような顔つきになる。ヘビが引っ込み、ニッケルの本来の自我が表面に現れた。完璧なタイミング——相手がただのニッケルであれば、九九番目のドミノは倒れない。手前のドミノから順に倒していく必要がある。

せっかく近づいたのだから。それくらいの意識で、ユーリイはニッケルの腹を殴る。吹き飛び、後退する彼を目で追いながら、また端末を叩く。

「明日は、晴れるかな？」

片膝《かたひざ》をついて腹を押さえたニッケルは、顔をしかめるばかりで、ユーリイの問いかけには答えない。そしてドミノが倒れ始める。

――五二番。天気の質問を無視した場合、あくびをしたくなる。

相手がただのニッケルであれば、簡単に捕らえられるだろう。

ユーリイは彼に近づき、蹴り上げる。ニッケルは、おそらくあくびを我慢しているのだろう、顔を歪《ゆが》めながら攻撃を受ける。

――六四番。あくびを我慢した場合、誰にも知られたくない秘密のことを考える。

が、その先の反応はスペシャルだった。

彼は蹴られながらも一方の手でこちらの足をつかみ、もう一方の手を突き出す。なんでもないような拳《こぶし》だが、綺麗にユーリイの顎《あご》を捉《とら》える。みればニッケル自身が戸惑ったような表情を浮かべていた。おそらくほんの一瞬だけ、ヘビが意識を乗っ取り、攻撃に移り、だがその攻撃がヒットするころにはもう引っ込んでしまったのだろう。

――七二番。誰にも知られたくない秘密のことを考えた場合、カエルの歌をワンフレーズ口ずさむ。

かえるのうたが、きこえてくるよ。

ニッケルがそう呟きながら、駆け出す。おそらくその意識は、またヘビのものになっている。彼はスプークスとキドを追おうとしたようだった。

クワ、クワ、クワ、クワ。ケケケケ、ケケケケ、クワ、クワ、クワ。

ユーリイはニッケルの背に手を伸ばす。ニッケルはこちらに顔も向けずに、その手をつかんで投げ飛ばす。——中身がヘビでいるあいだ、あちらの肉弾戦の性能はユーリイを上回るようだ。

地に倒れながら、ユーリイはもう一度、能力を発動する。過程をすっ飛ばし、九九番目のドミノを倒そうとしたのだ。ヘビがこの効果を回避するなら、肉体をニッケルに明け渡さざるを得ない。

「止まって」

そう、ユーリイは声をかける。

けれどニッケルは足を止めない。やはりヘビは引っ込んでいる。ここしかない、というタイミングで。

読み合いに強いというレベルではない。ただ最適解を繰り返すような。イドの検索《サーチ》ともまた種類が違う、全知を感じる動き。

——こちらの思考過程《プログラム》をすべて理解しているということかな？

香屋歩から聞いた話が真実であれば、それもあり得ることなのだろう。この世界のすべてである、アポリアそのものともいえる存在。ユーリイの今とこれからが、過去のデータから計算で導き出せるものでしかないのなら、ヘビはひと足先にその計算を終わらせていても不思議ではない。——まるで、詳細な未来視みたいに。

だとすればユーリイは、ヘビによく似た存在を知っていた。その名をラプラスの悪魔という。量子力学が知られる前に生まれた、骨董品《こっとうひん》のような悪魔だ。

ともかく。ドミノは今も、倒れ続けている。

――八一番。童謡を口ずさんだ場合、二秒間目を閉じる。

九九番目のドミノまでに必要なドミノは、あと三つか四つ。

ニッケルの前に、キドが立ちふさがる。

＊

ニッケルは、あまりの気持ち悪さに吐き気を覚えていた。

時間に連続性がない。自分の中にいる何者かが、しばしば肉体を乗っ取る。そのあいだの時間がスキップしたように感じる。

――両目が、開かない。

気がつけばニッケルは目を閉じていた。それでも、目の前に敵がいるのを感じる。そしてニッケル自身は、知らぬ間に射撃《シュート》を放とうとしている。

狙《ねら》いをつける余裕はなかった。相変わらず目が開かないというのもあるけれど、それ以上に時間がなかった。ニッケルが意識を取り戻して、ゼロコンマ二秒か三秒後。状況を理解する前に射撃《シュート》が放たれている。

その射撃《シュート》がどこかに着弾する。敵か、地面か。なにもわからない。わからないままニッケルは走る。それもまた、自分の意思ではない。すでに身体が駆け出していて、その勢いに従うしかなかっただけだ。オートマチックな戦闘。

――ともかく、僕の目標は決まっている。

この戦場を生き延びること。世創部の領土に逃げ込み、あちらのチームの一員になること。ユーリイの支配から逃れられるのは、今しかない。

――だから僕は、僕の中にいる「何者か」の意思に乗る。

暗闇《くらやみ》の中でも、敵の気配は感じていた。

ニッケルは拳を突き出す。「これでいいのか？」と胸の中で確認しながら。敵――おそらく、キドだ――に、その拳は命中しない。上手く回避された。なら。

――やられる。

回避不可能な反撃がやってくる。

恐怖で肌が痺《しび》れるのと同時に、また一瞬、ニッケルの時間が跳ぶ。

自身の拳が、なにかを殴り飛ばしていた。

＊

ユーリイの目からみても、ニッケルの動きは異常だった。

速くはない。ユーリイよりも、キドよりも遅い。ただ完璧なのだ。身体の使い方と、すべての判断が。

目を閉じたニッケルがキドに殴り掛かり、キドはそれを回避した。キドは両手のハンドガンを使い、目の前のニッケルに反撃した。普通は、ここで決着だ。

けれどニッケルは――彼の肉体を奪い取ったヘビは、二丁のハンドガンを軽くやり過ごした。一方は片手で払いのけて銃口を逸らす。ここまでは、まあ良い。ユーリイにでもできるし、おそらくキドも予想していた。

もう一方のハンドガンは、ニッケルの脇《わき》に添えられていた。回避は不可能。必中のタイミングだ。なのに、その一撃は外れた。

理由は簡単。ヘビが銃口に自らの弱点を晒《さら》したからだ。わずかに身を捻り、射線上にニッケルの胸を置いた。この距離で心臓を射貫けば、おそらくニッケルは死亡するだろう。つまりヘビがキドに移動する。キドの方もそれを理解して、自ら照準を外した。

――素晴らしい反応だ。

ユーリイはむしろキドを褒め称《たた》える。

その瞬間、キドは最適解を選んだ。うっかりニッケルを殺してしまうのが、現状では最悪なのだから。けれどもう詰んでもいた。自ら無理やりに銃の向きを変えた彼には、どうしようもなく無防備な一瞬が生まれた。そしてニッケルに殴り飛ばされた。

――この短いやり取りのあいだに、四回か、五回。

キドが自身の行動を選択した回数は、おそらくそれくらいだろう。

ヘビはそのすべてを事前に読み解き、この戦いに勝利する道をみつけた。傍目《はため》にはひどく危うい道にみえる。けれどヘビ本人にとっては、平坦《へいたん》な、歩きやすい道なのだろう。

ユーリイは自身の胸の中で、少しずつ恐怖が膨らむのを感じる。以前、学んだ恐怖。それはユーリイにとっては、真新しい快感だ。

――キドは？

殴り飛ばされ、片膝をついている。もともと彼は肉体が強靭《きょうじん》なタイプではない。能力値でみれば白猫に似ていて、「躱《かわ》して当てる」戦い方を本業とする。対してニッケルの方はまずまず強化《ブースト》のポイントが高く、中のヘビにとっては人体の弱点を撃ち抜くことなど容易だろう。キドは、しばらく動けない。

そちらにはもう目も向けず、ニッケルがスプークスを追う。そのニッケルをさらにユーリイが追う。

ニッケルは走りながら、射撃《シュート》を放った。目を閉じているはずだが狙いは正確だ。スプークスの足を射貫く。そのあいだにユーリイは、ニッケルとの距離を詰める。

そろそろ、次のドミノが倒れる頃《ころ》だ。

――八五番。二秒間目を閉じた場合、それをもう一秒延長する。

そのとき。

ニッケルはふいに、なにかを投擲した。

＊

テスカトリポカは、ほんの一瞬だけ、勝利を確信した。

――ニッケルの端末を捉えた。

濃密なジャミングの中で、彼の端末を検索《サーチ》する。平穏な国の検索士《サーチャー》たちがそれに手を貸していた。並列検索、なんて、カビの生えた技術が、この戦場では機能している。

――なら、もうおしまい。

テスカトリポカの「偽手」が、強引にニッケルの「例外消去」を発動する。その能力でヘビは消え去る。確実に。

そのはずだった。だが。

ニッケルがふいに足をとめ、自身の端末を投擲する。それで、「偽手」は空振りした。条件を満たしていないため、使用不可能のエラーが出ている。

――なぜ？

一瞬、テスカトリポカも状況を理解できなかった。けれどすぐに思い当たる。

架見崎の根本的なルールで、能力は、端末が使用者の手元になければ発動しない。ニッケルは――その中のヘビは自ら端末を手放すことで、能力の発動条件自体を回避した。

でも。

――なぜ、このタイミングを読めた？

ヘビはニッケルの身体を操り、キドと戦い、ユーリイに追われている。すでにユーリイのドミノはずいぶん進行し、詰め切られるまであと一歩というところ。なのにどうして、テスカトリポカまでカバーできる？

ヘビの視界は、異様に広い。

まるでこの戦場のすべてを知っているように。

＊

足を撃ち抜かれたスプークスは、なすすべもなくその場に転倒する。

痛い。だが、まだ身体は動く。

振り返ると、ニッケルが迫っている。彼はもう目の前にいるように感じた。けれどそれが恐怖による錯覚だともわかっていた。

──私だって、戦えないわけじゃない。

ひとりきりでニッケルに勝利できるほど強くはない。けれどニッケルのすぐ後ろにはユーリイがいる。

──ほんの、一瞬。

一瞬でもニッケルの時間を奪えたなら、きっと彼が終わらせる。

スプークスは端末を構える。落ち着いて。よく狙って。射撃《シュート》を一撃。確実に、ニッケルの眉間《みけん》を射貫く。

その一筋の光は、完全に、狙い通りの軌道を辿《たど》ったはずだった。

けれど射撃《シュート》が放たれる直前に、ふたつの、想定外のことが起こった。

ひとつ目。ニッケルが、べっと舌を出す。

ふたつ目。ユーリイがニッケルに追いつき、まるで彼を守るように、その肩をつかんで自身の背後に隠す。

結果、スプークスの射撃《シュート》は、ユーリイの背中に命中した。

＊

間一髪だね、とユーリイは内心で微笑《ほほえ》む。

――九二番。三秒間目を閉じた場合、舌で自分の鼻に触れようとする。

ここまでドミノが倒れた状況で、ニッケルを殺してしまうのは惜しい。また最初のドミノからやり直しになってしまう。そこで、仕方なく、スプークスの攻撃から彼を守ることになった。背中に受けた射撃《シュート》はまずまず痛い。

目の前で、ニッケルは必死に舌を伸ばし、自身の鼻に触れようとしている。できれば舌が届いてくれた方がよかった。倒れるドミノがひとつ少なくて済むから。

――九三番。舌で自分の鼻に触れようとした場合、届かなければ本心から悔しがる。

――九七番。舌で自分の鼻に触れた場合、自分を金星人だと確信する。

けれど、今回倒れたドミノは、九三番の方だった。

まあ、いい。それほど大したタイムロスではない。

ユーリイはニッケルの肩をつかんでいた。未だ、自身の鼻に向かって舌を伸ばしたままのニッケルは、その手を射撃で撃ち抜く。

まったく同じとき、ユーリイはもう一方の手でニッケルの腹を殴っている。飛来する刀を止めたせいで血まみれになった方の手だ。彼の身体が吹き飛ぶ。

──九八番。舌が鼻に届かないことを本心から悔しがった場合、自身を火星人だと確信する。

ずいぶん長く感じたドミノの旅も、そろそろゴールだ。

──ヘビ。

「君に、逃げ道はあるのかい？」

ヘビは答えなかった。

殴り飛ばされた彼は、地面に転がっている。ちょうどその隣に遺体がある。ひとりの少女の遺体だ。

モノ。パンが操る、もうひとつの肉体。

ヘビはそちらに、手を伸ばしたようだった。

──九九番。自身を地球人ではないと確信している場合、ユーリイの言葉に絶対的に服従する。これは五分が経過するか、ユーリイが手を叩くまで解けない。

「動かないで」

ユーリイの一声で、ヘビが動きを止める。

その直後。彼の――彼が操るニッケルの右腕が、飛んだ。

## 4

すでに戦場では、三四人が死んでいる。

そう知った香屋は、気を失うような緊張を覚えていた。

――わかっていた、ことなんだ。

ヘビが現れれば。これくらいの被害は。

それでも動悸《どうき》が激しく胸を打ち、反対に頭からは血の気が引いて、視界が霞《かす》んだ。できるならそのまま倒れてしまいたかった。けれど、どうにか踏みとどまる。まだ気楽に震えていればいい時間じゃない。

――まったく望まないのに、危ない橋ばかりを渡っている。

奥歯を噛《か》み締めながら、香屋はそのことを認める。

――ユーリイはヘビを追い込むはずだ。

充分な根拠がなくてもその前提で、人員を動かしていた。もしもユーリイでさえあっさりとヘビに敗れるようなことになれば、それはもうどうしようもない。他に切れるカードもないのだから、敗戦処理に移行するしかない。

心臓に悪いギャンブルではあったけれど、どうやらユーリイは——そして、香屋自身は——その危ない橋を渡り切ったようだった。

ユーリイが上手くヘビを追い詰めたなら、それは戦場から逃げ出すだろう。けれど、逃走のルートは限られている。というかほとんど存在しない。ヘビの機動力はそのときに乗り移っている対象に依存するし、白猫を別にすれば、ユーリイから逃れられるような個人は存在しない。キドが取られると危ないけれど、彼であれば簡単には肉体を乗っ取られる——つまり、ヘビを殺す——ようなことはしないはずだ。

だとすれば、もっとも確実な逃走経路はひとつ。

トーマが持つ瞬間移動能力「イカサマ」を使うのが適切だ。「イカサマ」は名前の通り、反則じみて便利だが、それでも使用には条件がある。たとえば瞬間移動させたい対象——規定内のサイズの物質に、事前に「あとでこれを移動させますよ」とマーキングしておかなければならない。プレイヤーを瞬間移動させる場合、対象がマーキングした何かを所持している必要がある。たとえばお守りのようなものを。

その「お守り」を戦場に持ち込むルートは、おそらくひとつきりだろう。

世創部側から歩いてきて、最初に犠牲になったひとりに持たせておく。つまりモノの手元にそのお守りがある。なら、ヘビが最終的に目指すのは、モノの遺体だ。

——そこを狩りましょう。

と、香屋は提案した。

ヘビを殺してはいけない。けれど、上手く身動きが取れなくなるように。

香屋にとって最大の問題は、自身のプランを平穏な国の中核――つまり、シモンに通すことだった。本当はヘビが戦場に現れる前に、おおよその方針は許可を取っておきたかったのだけど。

それはずいぶん遅れ、だが、どうにか同意を得られた。

ひとつだけ幸運だったのは、戦場に色濃いジャミングが張られていたことだ。

そのジャミングを隠れ蓑《みの》に、ひとりがモノの遺体の傍に立った。

＊

雪彦。

現在の平穏な国では最強の強化士《ブースター》とされる、不可視の刃。

彼の「無色透明」と名づけられた能力は、自身の姿を世界から消す。けれど雪彦本人がいくらか音を立てるとその効果を失う。

だから普段の雪彦は、ゆっくりと戦場を歩く。

息を殺して、足音も立てず、心音もできるだけ一定に保つ。

けれど今日の彼は、珍しく少し走った。早急に目的地まで移動する必要があったから。

戦場は、凄惨《せいさん》だ。

全部で三五もの死体が転がっている。そのうちの、ひとりだけが世界平和創造部に所属していた少女で、残りの三四は平穏な国の人員だ。さらにそのなかの半数は、雪彦自身の部隊のメンバーだった。全員が血を流している。

無論、雪彦にも感情はある。悲しみも怒りもある。けれどそれを後ろに回す術《すべ》を、雪彦は知っている。感情とは音を立てるものだから、あらゆる感情を、自身の任務が完了するまでは封じておく。

やがて雪彦は、その遺体の中から、目当てのひとりをみつけた。

まだ幼くみえる、世創部の少女。彼女の姿を発見してからは、やはりいつも通りにゆっくりと歩いた。

周りではまだ、ばたばたと戦いが続いていた。あのユーリイさえ駆け回っていた。彼はスプークスに背を、ニッケルに片手を撃たれた。その姿をみても雪彦は特に何も感じなかった。できるだけ思考を止めて、ぼんやりと戦場を眺めていた。

ユーリイに殴り飛ばされたニッケルが、足元に転がる。

――殺してはいけない。

と言われている。理由の説明は、そういえば受けていない。

――確実に、無力化するように。

雪彦は刀を振る。

その、ひゅるんという音で、雪彦の姿が実体化する。

ニッケルの腕が飛んだ。

＊

――ヘビは、どこまで架見崎を演算しているのだろう？

トーマにもその答えはわからない。

彼がどういった存在なのか、未だに答えはでない。

――でもなんにせよ、私たちとは存在の次元が違う。

香屋とも、ユーリイとも。この架見崎で、間違いなくトップレベルに優秀なプレイヤーたちと比べても、根本的な立ち位置が違う。

モノの中に入ったヘビは、事前に、いくつかの予言を残していた。

その中にこんな言葉がある。

――あちらは二二万のポイントを失い、こちらは一三万八〇〇〇のポイントを得る。

ヘビは複雑な戦場のすべてを、完全に読み切っていたのだろうか。

平穏側の、死亡した三四人のポイントの合計は、一四万。そこに八万ポイント持っているニッケルを含めると、二二万。

対してヘビが平穏の三四人を殺して得たポイントは五万八〇〇〇。殺せば相手の所持ポイントの半分を得られる、というルールがあるが、三四人のうちのすべてをヘビが殺したわけではない――ヘビが「殺された」場合でも、宿主のポイントの半分が相手に移行する――ため、半額よりはやや少ない。ともかくその五万八〇〇〇ポイントに、ニッケルの八万ポイントを加えると、一三万八〇〇〇。

なにもかもがヘビの予定通りだ、と言える。

なら、あれの性能は、正確な「未来視」と同等だ。

同じようにヘビは、こう言い残していた。

――午後六時ちょうどに、「イカサマ」を。

午後六時ちょうど。

そのとき、ニッケルの中に入ったヘビは、モノの遺体に重なるように倒れていた。その腕は雪彦に切り飛ばされ、まずまず生命の危機といえた。

トーマは予定通りに「イカサマ」を使用する。

その能力の使用のためにトーマがマーキングしたコインは、モノの胸ポケットに入っている。架見崎のルール上、「アイテムを所持」とは、どんな状況を指すのだろう？　正確にはわからないが、ヘビが指示したのだから、今の彼は、そのコインを所持しているものとして扱われるのだろう。

ヘビが、戦場から帰還する。

＊

雪彦はたしかにニッケルの腕を切り飛ばした。

けれどその直後、ニッケルの姿が消えた。「イカサマ」が発動し、世創部が拠点とするホテルに移動したのだ。

香屋がその報告を受けた直後、手元の端末が鳴る。

「ハロー、ハロー」

ユーリイ。その声は、だいたい普段通りだけど、少しだけ高揚しているようでもある。

彼は続けた。

「ヘビ退治の一歩目は、まずまず順調と言える。予定通りテスカトリポカが、ヘビの能力を検索《サーチ》した」

本当はこの戦いで、ヘビを倒しきってしまいたかった。

けれど香屋もユーリイも、そこまでの高望みはしていない。というか、ヘビの性能が未だにわからないから、上手くいかないパターンを中心に作戦を立てるしかなかった。

この、ユーリイとヘビの戦いで、こちらが目指していたことはみっつ。

ひとつ目は「ヘビの能力の使用時間」の詳細を知ること。あれは架見崎に現れたばかりのころ、対象の肉体を合計で一二秒間だけ乗っ取れた。けれどその時間は延長可能で、ずいぶん延びているだろうと予想できた。

そしてふたつ目は、その「ヘビが架見崎に現れられる時間」を削ること。可能な限り、一秒でも、一〇分の一秒でも長く。

「ヘビの能力の使用時間は、合計で一八〇秒。僕たちはずいぶん頑張って、その中の七八秒間を使わせたようだ。半分くらいは第六部隊三四人が稼いでくれた時間だね」

そう、と香屋は答える。

なら残りは、だいたい一〇二秒。ループまでの残り六時間で、その一〇二秒間を使い切らせられたなら、ヘビはすべての自由を失う。

「僕は少し引っ込むよ。手が痛いからね」

ユーリイに、香屋は短く尋ねる。

「みっつ目は？」

このヘビ戦の、みっつ目の目的。

それはヘビの記憶と思考のすべてを、スプークスの能力で奪い取ることだ。

「手の治療と並行して進める。さっそくブラックボックスを暴《あば》こう」

もしも、ヘビの思考を奪えていたなら。

たった六時間のあいだに、ヘビに一〇二秒もの長い時間を使わせる糸口だって、みつかるかもしれない。

「できれば、こちらで。僕も同席させてください」

と、香屋は言った。

＊

「最適解は――」

目の前に現れたヘビは、綺麗に斬《き》り飛ばされたニッケルの腕に目を向けていた。

「この傷を治療しないことだ」

ヘビの言いたいことが、トーマにはよく理解できた。

このままニックルの肉体を放置すれば、やがて出血により彼は死亡するだろう。そのとき架見崎のルールでは、ニックルを殺した相手は致命傷を与えた人物――雪彦だと判断される。直後、ヘビは雪彦を新たな宿主とする。

「できないよ」

ニックルはもともと、世界平和創造部に合流する予定だった。なら、ルール上のチームが別でも彼は仲間だ。仲間を見殺しにするのは世創部のやり方ではない。――というか、純粋にトーマの心が受け入れられない。

ヘビはもうなにも答えなかった。対話は時間の無駄だ、ということなのだろう。

間もなく本来の人格を取り戻したニックルが目を見開き、激しい悲鳴を上げる。気がついたら片腕がなくなっていたのだから仕方がない。

「お疲れさま。すぐに治す」

トーマはニックルの隣に片膝をつく。

そうしながら、ヘビの予言のひとつを思い出していた。

――あちらは情報を獲得し、その情報によって内側から崩れる。

かつて世創部は、スプークスを捕えていた。そのあいだに、彼女の能力を詳細に検索《サーチ》している。

先ほど、スプークスがヘビに対して「ドッペルゲンガー」の発動条件を満たした。

——いったい、スプークスはなにを知る？

香屋は？　ユーリイは？

その情報は彼らに、どんな影響を与える？

さすがに、想像もつかない。

ヘビの出現で、架見崎の戦いは変質した。あるいは、それはもう戦いでさえなく、ただヘビが用意した道を辿るだけのものなのかもしれない。

——その先に、生命のイドラは存在するのかな？

まったく、そうは思えない。

いつの間にか、知らないうちに。

ヘビはこの架見崎の命題そのものを、壊してしまったのかもしれない。

# 第五話　ラブレター

## *1*

みてもいない光景が鮮明に目の前に浮かんで、いつまでも消えなかった。

脳に直接、その景色を描き込まれたようだった。

――ほんの数分間の戦いで、三四人が死んだ。

これは、香屋《かや》が架見崎《かみさき》を訪れて以降、最大の被害だ。その三四人は、香屋にとって、ほとんど面識もないような人たちだった。ワタツミには会ったことがある。彼のほかの大半は、顔さえ知らない。けれどいちおう定義上は仲間だった人たち。

先ほどから、胸に吐き気が居座って消えなかった。

「調子が悪いのかい？」

と、ユーリイが言った。

教会の一室――秋穂《あきほ》が私室として使っている部屋だ。

その部屋には、他にもふたりがいた。部屋の主である秋穂自身と、それから見知らぬ女性。その女性がスプークスなのだろう。

秋穂もスプークスも、なんだか傷ついたような、生真面目《きまじめ》な表情を浮かべていた。まだ交戦のさなかで、大勢が死んだ直後なのだから当然だ。その中で、ユーリィだけが異様だった。彼の姿も表情も、まったく普段通りにみえた。余裕のある顔つきで、部屋の椅子《いす》のひとつに足を組んでゆったりと座り、うつむきもしていない。

香屋は顔をしかめる。

「どうして、三四人ぶんもの死体をみて、普段通りでいられるんですか？」

ユーリィは落ち着いた瞳《ひとみ》で、ただ香屋に目を向ける。

「まさか君は、ヘビと相対しても誰も死なないと思っていたのかい？」

そんなことはない。もちろん。

この被害は想定されたものだった。回避できる方法はただひとつ、香屋が早々にシモンを説き伏せ、戦場の指揮権を握ることだけだった。そして、さっさと逃げ出せと指示を出す。他にはない。けれどそれも、現実的なプランではなかった。

だから人が死ぬことは、はっきり想像がついていた。でも。

「でも、三四人です」

「三四人ぶんの命は、ひとりの命よりも重いかい？」

「当たり前です。三四倍重い」

人間ひとりの命は地球よりも重い、なんて馬鹿《ばか》げた言葉を、いつか聞いたことがある。だれがどんな文脈で口にしたのか知らないが、そんなことあり得ない。地球の人口を八〇億人だとすれば、少なくとも地球は、誰かひとりの命の八〇億倍は重い。

なんだか満足げにユーリイが頷《うなず》く。

「うん。君は、命を数えられる人間だ」

彼にそう言われるのは、二度目だった。命の数。けれど。

「貴方《あなた》は、そうじゃないんですか？」

「君とは少し違うよ。僕の考えはこうだ。――命であれ、その他のすべてであれ。価値なんてものはどこにもなく、すべて平等にゼロだ。本来は価値がないものに、各々《おのおの》の主観が値段をつける。感情とか心とか、そういう風に呼ばれるものが」

香屋には、ユーリイが言いたいことがよくわかった。

けれどやっぱり、嚙《か》み合わない。大事なのは、感情や心がつける値段の方だ。

「貴方にとって、三四人の命の価値は、ゼロのままだったんですか？」

「さあね。それは、本題じゃない」

ユーリイは、軽く微笑《ほほえ》んでみせた。

「君への質問の答えだよ。なぜ僕が、普段通りでいられるのか。それは君の主観的な価値観が理由だ。もしも僕が涙を流したり、恐怖に震えたりしたら、そのことで君にとって僕の価値が少しでも上がるだろうか？　いざというとき、君が僕と敵対することを躊躇《ためら》ったり、その躊躇いがささやかな弱点になったりするだろうか？　とてもそうは思えない。だから今、僕が君の前で感情的に振舞う理由がない」

香屋には未《いま》だに、ユーリイという人間がよくわからない。

彼の心の在り方は、架見崎においても異様だった。けれど、どう異様なのか、つかめそうでつかめない。ただ冷静なのでも、ただ冷徹なのでもない。人間味がないわけでさえないような気がした。

ただひとつだけ、彼は間違っている。

「もしも貴方が、誰かの死で泣いたり、苦しんだりしていれば、僕の評価は変わります」

それは、確実に。ユーリイというものへの見方が変わる。

けれど彼は、首を振る。

「内側では変わるかもしれない。でもね、結果は同じだよ。今のままでも君は、僕を殺すことを躊躇うだろう。けれどそうすることが必要であれば、結局は決断するだろう。そしてもしも僕が涙を流しても、その決断までの時間はまったく同じだろう」

香屋には、返事ができなかった。

ユーリイが言う通りなのだという気もした。まったく的外れなようにも思った。矛盾するふたつの印象が胸に浮かんだ理由はわかりきっていて、香屋はまだ、香屋自身を知らない。自分が命というものに、どう値段をつけているのかを。

ユーリイは、彼にしては珍しく躊躇うように、視線を香屋から外す。

「君にとって、三四人ぶんの命は、月生《げっしょう》の命ひとつより重かったのかい？」

香屋は歯を嚙み締める。

――そんなもの。

視点によって、答えは変わる。

多くの視点において、月生の命は極めて重要だった。今後の架見崎の戦況においても。香屋の個人的な感情においても。けれど別の答えになる視点が、ただのひとつもないわけじゃない。常に、いつだって、大勢が死ぬよりもひとりだけが死ぬ方がまだましだ、という視点はある。

香屋はなんとか、ユーリイに答える言葉を探そうとした。

でも彼にとってはこんなもの、ただの時間つぶしでしかなかったのだろう。ユーリイは部屋のドアに目を向ける。

「ああ。やっときた」

香屋は気づかなかった。けれど、ユーリイには足音が聞こえたのかもしれない。間もなくノックの音が聞こえる。秋穂が「どうぞ」と応《こた》えると、ドアが開いた。

現れたのは、この暑い八月の架見崎には不似合いなトレンチコートを着た男だった。馬淵《まぶち》。彼のことはよく知らないが、ユーリイの口ぶりから、やり手なのだという印象は受けている。

「では、ヘビのすべてを暴《あば》こう」

そうユーリイが言った。

＊

――私は今、なにと戦っているんだろう？

なんてことを、トーマは考える。

ヘビが動き始めた世界平和創造部において、トーマ自身の役割は、あまり多くはない。戦略でも戦術でもトーマが頭を捻《ひね》るより、ヘビにすべてを任せてしまった方が効率的なのは間違いない。

本音を言えば、少し前まで、トーマはもう架見崎から消えてしまっても良いような気がしていた。香屋歩《あゆむ》の「敵」として、トーマよりもヘビの方がずっと手ごわく、適任だろうと考えていたから。

けれど今は、少し考えが違う。

世界平和創造部というこのチームを、ヘビに明け渡して良いのかわからない。あれの目的が、まだみえないから。ヘビは、自分自身ともいえるアポリアを、どうしたいのかわからないから。トーマはヘビのことを知りたかった。

――スプークス。

彼女はいったい、ヘビのなにを盗んだ？

まるでトーマ自身もヘビと戦っているように、そんなことで頭を捻る。

「このまま、押し切りますか？」

そう言ったのは、コゲだ。

トーマは軽く頭を振って、目の前の会議に意識を向ける。

ホテルの会議室の円卓は、今はがらんとしていた。席に着いているのは四人だけだ。トーマ自身と、白猫《しろねこ》、コゲ。それからパン。

コゲが続ける。

「ポイントの合計では、まだあちらがずいぶん上。でも、白猫さんと張り合えるカードがあちらにあるとは思えません」

トーマは答える。

「あちらだって、同じ考えだろうね。だから無理に白猫さんを攻略しようとはしない。隙《すき》をついてオレの首をはね飛ばせばあちらの勝ちだ」

その言葉は、半分だけ本心だった。

月生が消えた今、平穏側に白猫を打ち破れるカードはない。けれど白猫が離れると、トーマはずいぶん無防備になる。たとえばすでに雪彦《ゆきひこ》がすぐ近くに立っていたとしても不思議ではない。

白猫が言った。

「さっき戦場に、雪彦が現れたんだろう？　なら君はそのタイミングで、私を前線に出すべきだった。彼がゆっくり歩いてくるより、私が平穏を落とす方が早い」

そのことはトーマもわかっていた。純粋に架見崎のゲームの勝者になることだけを目指していたなら、きっと白猫が言う通りに指示を出していた。

でもトーマはできるなら、ヘビの本心を暴きたい。スプークスのドッペルゲンガーは、ヘビに迫れる可能性がある数少ない能力のひとつだろう。

パンが口を挟む。

「このあとの戦闘は、私に従ってもらう約束でしょ？　慌《あわ》てることはない。時間をかければかけただけ、戦況はこちらに有利になる」

パンの思惑は明白だ。

彼女はヘビにポイントと時間を与えたがっている。ヘビに充分な自由を与えることのみを目的としている。彼女はヘビが架見崎を食い荒らすことを望んでいる。そしてトーマにとっても今は、彼女の方針に乗るのが最良に思える。

今度は、コゲが言う。

「ではパンさん。作戦は？」

つまらなそうにパンが答える。

「普通に戦争して、普通に侵略する」

そのプランはすでに、トーマも把握していた。

パンが言う通り、この先の戦闘に奇抜なアイデアはない。ごく当たり前に部隊を編成するため、今は多少の時間をかけている。紫《むらさき》、黒猫《くろねこ》、ウーノの三人の下にそれぞれ人員を割り振り、連絡役の要《かなめ》をパラポネラが担《にな》う。とくに変わったことをしなくても、大勢を動かすには多少の時間がかかるから、進軍開始はもう三〇分後というところだろう。

「気乗りしないな」

白猫が言った。

「戦場じゃ、人を動かしただけ誰かが死ぬ。少数精鋭で片をつけた方が効率的だ」

パンは長い前髪の向こうでにたりと笑う。

「いえ。うちは、誰も死なない」

あり得ない、とトーマは考える。

大勢を平穏に差し向けて、それでも被害者をひとりも出さないなんて。

けれどきっと、パンの言葉は真実になるのだろう。

なぜなら今日のこの先の戦いは、世創部側の全軍を、ヘビが指揮する予定だからだ。

## 2

スプークスは未だ、自身がなにをしようとしているのか理解していなかった。

ヘビという奇妙な存在がいることは、ユーリイの記憶から知っていた。その記憶は――もちろん、スプークスは知らないが――ユーリイ自身によって捏造《ねつぞう》されたものだ。よってヘビの情報の多くが伏せられていたが、ともかくそれが平穏な国にとって脅威なのだということはわかっていた。

教会の一室に、スプークスの他に、四人が集まっていた。

ユーリイ、香屋歩、秋穂栞《しおり》。そして最後に現れたのが、馬淵という名のトレンチコートの男だ。スプークスは馬淵を、質の高い強化士《ブースター》であり、怪我《けが》の治療に特化した補助能力《サポート》の使い手だと考えていた。ユーリイの記憶ではそうなっていたから。それらの情報は、嘘《うそ》ではないが、彼が持つその他能力《オリジナル》は隠されていた。

「じゃあ、頼むよ」

そうユーリイが言った。

馬淵がスプークスの前に立つ。彼は片方の手に手帳を、もう片方にペンを持ち、ペン先をこちらに向ける。

「彼は？」

そう尋ねると、ユーリイが答えた。

「保険のようなものだ。ヘビは、あまりに例外だからね。君の身になにか起こるといけないだろう？」

ただの能力の使用に、どんな危険があるのかよくわからない。でも、議論するようなことでもないだろう。

スプークスは軽く頷き、端末を取り出す。

能力名「ドッペルゲンガー」の使用。その直後。

スプークスは、意識を失った。

＊

カエルが言った。

「八月の架見崎では、実にいろいろなことが起こるね」

なにを呑気《のんき》な、という気がして、ネコは顔をしかめる。

ヘビは特殊なプレイヤーだ。極めて、特殊だ。

あれを「アポリアそのもの」と表現するのは、実のところ正確ではない。あくまでカエルへの対抗馬として生まれたヘビは、アポリアに対して、いかなる決定を下す権利も持っていなかった。だが一方で、アポリアが持つ膨大なデータの大半にアクセスすることは許されていた。

――つまりヘビとは、ほとんど全知にして、まったく無能な神だった。

アポリアの大半を知りながら、アポリアには一切の干渉ができなかった存在。それが、ヘビだ。

今はもう違う。

ヘビは架見崎に出現したとき、まったくの無能ではなくなった。他のプレイヤーと同等に、今のヘビはアポリア世界に干渉できる。その干渉は微細なものだ。現実における、世界とたったひとりの人間の関係と同じように。けれどたしかに世界を変えられる。

一方で、今の彼はすでに全知でもない。架見崎のプレイヤーに身を落とすのと同時に、アポリアのデータベースへのアクセスが切断されているから。つまり彼が持つのは過去のデータだけであり、最新のデータは持たない。何バージョンか前のバックアップデータのような存在。

――問題は。

と、ネコは考える。

――そのバックアップデータが、膨大すぎることだ。

ヘビは過去データから未来を演算する。あまりに正確に。まるで目の前のプレイヤーの思考を、すべて読んでいるように。

それが可能なだけの、膨大な過去データに今、スプークスがアクセスした。

人は――正確には、人を模したAIであるスプークスは――そのデータ量に耐えられない。けれど一方で、これはアポリアにも演算できない現象だった。あくまで現実を模した世界を作ることが求められてきたアポリアにとって、今、起こったことはあまりに非現実すぎるから。現実世界において、人ひとりの脳に、並のスーパーコンピューターを超える量のデータをまとめてインストールするなんてことは起こり得ない。

カエルは、とくに感情的でもない声で告げる。

「スプークスはいったんフリーズ。馬淵の能力が問題を排除してくれる。それから再起動すればいい」

「その、馬淵の方はどうしますか？」

香屋歩。それからユーリイ。

あのふたりは、スプークスの身に起こることを理解していた。正確に、というわけではない。けれどいくつかの可能性の中から、スプークスに対してフリーズの決定が下るパターンを想定し、それに備えていた。

馬淵は「思考書庫」と名付けられたその他能力《オリジナル》を持つ。その能力は対象が「そのときに考えていること」を奪い、手元の手帳に書き留める。

今、ヘビの記憶がスプークスを通って流出し、馬淵の手帳で文字になる。

カエルが言った。

「手帳の内容は、ある程度恣《し》意的に整理するしかないよ。もう文面は用意した」

「貴方が書いたということですか？」

「軽く編集しただけだよ」

カエルは今もまだ、アポリアの膨大なデータベースにアクセスする権限を持つ。つまり香屋やユーリイのやり口も、彼だけは事前に知っていた。だから準備を済ませていたのだろう。

カエルがかすかに、首をこちらに向ける。

「大丈夫。規定通りに、彼女のプライバシーには留意している」

彼女。架見崎の例外のうちのひとり。冬間《とうま》美咲《みさき》。

現実に実在する一般人である彼女の情報には、手厚くプロテクトがかかっている。

ネコはため息をつく。まったく無意味だろうが、それでもこちらの心境をカエルにみせつけるために。

「貴方が妙に用意が良いときは、たいていなにかを企《たくら》んでいるときです」

「ＡＩがなにを企むっていうの？」

「ＡＩというか、冬間誠《まこと》が」

かつてネコは、本物の冬間誠の部下だった。

そのときのことを、少しだけ思い出す。

カエルが笑う。実際に表情が変化したわけではないが、雰囲気でそうとわかる。

「大丈夫。もしも問題が起これば、叱《しか》られるのは私だよ」

それが困るのだ。ヘビの争いにおいて、カエルが株式会社アポリアからの評価を落とすようなことは、できれば避けたい。

――それでも。

ネコはふっと息を吐いて、諦《あきら》める。

カエルは極めて、冬間誠に近い。彼だけにあの人と同じ匂《にお》いを感じる。

だからネコは、カエルの判断を信じている。

＊

香屋歩は初めて、ドッペルゲンガーが発動する場面を目にした。

スプークスの姿に、わずかにノイズが走る。モノクロのノイズだ。そのノイズは瞬《また》く間に大きくなり、けれどすぐに消えてなくなった。そしてもう、そこに立っているのはスプークスではなかった。ひとりの青年――ワタツミ。中にヘビがいたころの彼の姿が再現されているのだろう。

ワタツミの姿になったスプークスは、わずかに顔を上げたようだった。分厚い雲の切れ目から光が射《さ》すのをみつけたような、何気ない動作にみえた。だがその直後、スプークスがずるりと倒れる。人というより、糸が切れたマリオネットのように。それは真下に落ちるような転倒だった。彼女をユーリイが片手で支え、先ほどまで彼自身が座っていた椅子にそっと座らせる。

同時に、音が聞こえた。

さらさらとペンを走らせる音だ。その音は途切れない。いつまでも、いつまでも続く。みれば馬淵が、手にした手帳になにかを書き続けている。彼には表情もなく、うつろな目でじっとその手帳をみつめている。やがて器用に、片手でページをめくる。そのわずかなあいだだけペンの音が止まり、また再開する。ヘビの情報が一冊の手帳に流出していく。

ユーリイは馬淵の背後に回り、その記述を覗《のぞ》き込んでいた。

「次の、ヘビの狙《ねら》いは――」

そう言った彼の声は、やはり普段通りだった。なんの緊張も、興奮も感じない。他人事《ひとごと》のチェスのゲーム展開を何気なく解説しているような声だった。

彼は続ける。

「世創部の駒《こま》を使って、正面から平穏に戦争を仕掛ける。素直にこちらの戦力を奪い、ポイントを手に入れるつもりでいる」

今日の戦いで、香屋にはふたつの大きな目的がある。

ひとつ目はヘビの攻略。理想でいえば、あれを架見崎から消し去ってしまいたい。けれどそれは、高望みしすぎなのかもしれない。であればせめて、ヘビの狙いを知りたい。ヘビは架見崎を、どう攻略するつもりなのか？　それがわかれば、ずいぶん考えるべきことがシンプルになる。

ふたつ目は平穏な国内での発言力の向上。端的には、シモンの説得。最低限、平穏な国を自由に動かせるところまでいかなければ、この先は戦いにもならない。

どちらの目的にとっても、ヘビの記憶には大きな意義がある。ヘビの考えを暴けたなら、それは平穏を説得する材料にだってなる。

――世創部からの攻勢。

それは、どの程度の脅威だろう？　もちろん、大きな脅威なのは間違いない。でも、必死に考えて戦い抜く方法を探すべきなのか、そもそも戦いようもないくらいに敵が強いから早々に戦闘を放棄する方法をみつけるべきなのか、まだ判断がつかない。

香屋はユーリイに尋ねる。

「実際に戦った、ヘビの印象は？」

「強いよ。普通の強さじゃない。まるで、こちらの考えをすべて理解しているようだ」

「世創部側の部隊は、ヘビが指揮すると考えましょう。平穏に勝ち目はありますか？」

「まずない」

「貴方が加わっても？」

「僕であれば、どうウォーターを落とすのかだけを考えるね。どれだけヘビを相手にしないで済むか。それが、いちばんの論点だ」

「そう」

でも、トーマの隣には白猫がいるはずだ。彼女を狙うのも現実的ではない。

――ヘビに残された時間は、あと一〇二秒。

どこかでもう少し減っているかもしれないけれど、とりあえずそう考える。ヘビが持つ一〇二秒間を削り切れれば、ループまでヘビの脅威は消える。それは同時に、ヘビ退治の好機でもある。

――なら、やるしかない。

今日、より多くの命が失われないために。明日、香屋が望む未来を現実にするために。ヘビの一〇二秒間を、もっとも効率的に奪い取る。それだけに意識を集中すべきだ。

ぱたん。と、音が聞こえた。

馬淵が手帳を閉じた音だ。意外に早い、という気もする。少なくとも、ヘビの記憶のすべてを書き留めたわけではないのだろう。

――まあ、当たり前か。

馬淵の能力――思考書庫は、そもそも能力の対象となった誰かの記憶すべてを奪い取るわけではない。あくまでそのとき、相手が考えていることのみを手帳に書きつける。そして相手は手帳に書かれた内容を忘れる。そう説明を受けている。

椅子の上のスプークスが、ううん、と小さなうめき声を上げた。馬淵によって記憶を奪い取られた彼女が意識を取り戻しつつあるのだろう。

香屋は秋穂に目を向ける。

「じゃあ、頼むよ」

秋穂は黙り込んだまま頷く。月生が死んでから、彼女はひどく口数が少ない。

本当はそれが正しいんだ、という気がする。

充分に親しい人が死んだのだから。名前を知っていて、顔を知っていて、考えや悩みや優しさまで知っている人が死んだのだから。本当はヘビのことも、架見崎の戦いのことも。

馬鹿げたものはみんな忘れて、ただ悲しんでいる方が正常だ。

秋穂は馬淵に歩み寄り、手を差し出す。

その手に馬淵は、手帳を預ける。

たった今、生まれたそれ――ヘビの思考を写し取ったその文書は、このままであれば架見崎のルールに従い、ループのタイミングで中身が消えてしまう。みんな八月一日の状況が再現されるから。

けれど秋穂の、「伝説の装備」と名づけられた能力は、ループのルールを回避する。

月生が死んで。三四人が死んで。

そして今ここに、ヘビ文書が生まれた。

それは、たしかな戦果ではあるはずだ。

*3*

ニッケルは、自身が置かれた状況をよく理解できなかった。

だいたい先ほどの戦い――ユーリイを裏切って、奇妙な呪《のろ》いをこの身に取り込むことを決めたあの戦いだって、いまいちよく成り行きがわかっていないのだ。後ろの方は意識が飛び飛びで、気がつくと片腕を失い、そして目の前にウォーターがいた。

「こうして無事に、君と合流できて嬉《うれ》しいよ、ニッケル」

そうウォーターは言った。失《な》くした片腕も彼女が能力で治してくれた。けれど、詳細な事情の説明はないままだった。

「こんな話を急にしても、なかなか呑《の》み込めるわけではないと思うけどね、ニッケル。君の中には今、ヘビと呼ばれる何かがいる。何か——要するに、人に寄生する意識だけの存在みたいなものが。そして今日の平穏との戦いは、この先、ヘビが指揮を執ることになっている」

これがウォーターから受けた説明のすべてだ。

あとは濃紺色のセダンの後部座席に積み込まれ、子牛のように運ばれた。まずまずの高級車で座席のクッションが良く、その走りからも整備が行き届いていることがわかる。けれど心細さという意味では、荷馬車で市場に向かうのとそう変わらない。

だいたいニッケルは、端末さえ持っていないのだ。能力がないまま戦場に向かうのは、死ねと言われているのと同義だ。

隣に座る少女に尋ねる。

「ねぇ、君——」

「パラポネラです」

「そう。じゃあ、パラポネラさん。僕の端末、返してくれないかな？」

この、ごく当たり前の要求は、だがやっぱりごく当たり前に却下される。「それはできません」とすげなく。まあ、軽く頼むだけで端末が戻ってくるなら、はじめから奪われもしないだろう。

「どうして？」

とニッケルは尋ねる。

端末を奪う理由なんて、こちらが疑われているくらいしか思いつかないけれど、ウォーターの様子はそういう感じでもなかった。たとえばニッケルをユーリイのスパイだと考えているなら、わざわざ戦場に連れ出す理由もないはずだ。

とくに秘匿《ひとく》事項というわけでもないのだろう、パラポネラが簡潔に答える。

「テスカトリポカは強制的に他者に能力を使用させる能力を持ちます。貴方の例外消去が使われてしまうと、ヘビが消えます」

「それって、消えちゃダメなものなの？」

「たぶん」

パラポネラは、困った風に顔をしかめる。

「ウォーターはヘビに関して、詳しい説明を避けています。ヘビの存在自体、チームの中核にしか知らされていません」

「あ。じゃあ、君も中核のひとりなんだね」

「いちおう」

「もしかして、けっこう偉い人？」

「元はＰＯＲＴの円卓の一員だった、貴方の方が大物でしょう」

「でも世創部じゃ新人だよ。もしかしたら君には、敬語の方がいいのかな？」

「必要ありません」

ふむ、と内心で、ニッケルは頷く。

顔は知らなかったけれど、パラポネラという名前は聞いたことがある。たしかウォーターが気に入っている検索士《サーチャー》だったはずだ。——いざというとき、この子はウォーターに対して、人質としての価値があるだろうか？

ふと浮かんだその考えを、内心で首を振って否定する。ニッケルは今のところ、世創部で仲良くやっていきたいと思っている。本当に。

——そのためにも、今は世創部のことをよく知るべきだろうね。

つまり、ウォーターのことを。ニッケルは話を進める。

「意外と、よくまとまったチームなんだね。世創部は」

「どういう意味ですか？」

「そのまま。リーダーが詳しい説明をしなくても、下は彼女についていく」

「ウォーターは特別ですよ。信頼を得るのが上手《うま》いから」

「ま、架見崎じゃトップスリーに入るやり手なのは間違いない」

というか、総合的に優秀なプレイヤーランキングじゃ、おそらくユーリイとのトップ争いだろう。ただ強さを比べたなら候補者は他にもいるけれど、経歴でウォーターに並ぶプレイヤーというのはそうそういない。弱小チームからスタートし、中堅まで成り上がったらすぐにそのチームを大手に売って、大手チームの中でも瞬く間に最重要人物になり、さらに難なく独立して今では巨大なチームのトップ。

正確には知らないけれど、ウォーターが架見崎に現れて、まだ三五ループか四〇ループというところだろう。傍目《はため》にも圧倒的な成り上がりのスピードだ。

ニッケルがそう納得していると、パラポネラがくすりと笑う。

「彼女が特別なのは、優秀だからだけではありません」

「へえ。ほかに、なにがあるの？」

「なんというか――必死なんです。とても強いのに、なんだかひどく脆《もろ》くも感じる。やせ我慢で恰好《かっこう》をつけているのに、その姿が妙に様になる」

「ギャップに惹《ひ》かれるってやつ？」

「簡単に言ってしまえば。彼女を支えられるのは私だけなんだと、周りのみんなに思わせる。みんな、は極端だとしても、大勢に」

「つまり君は、ウォーターのファンってわけだ」

「ええ。彼女は、ファンを作るのが上手い」

なるほど。けれど、それなら反対に、彼女を嫌う人だっているだろう。ファンの数とアンチの数は、基本的には比例するものだ。

「で？　そのウォーターは、端末もない僕を戦場に送って、なにをしろっていうの？」

「戦況がよくわかるところにいてくれれば、それでかまいませんよ。必要なときにはヘビが現れ指揮を執ります」

「つまり大事なのはヘビだってことだね」

「本日の作戦では、そうなっています。気に障《さわ》りましたか？」

「いや。どっちかっていうと、安心したかな」

ニッケルは、間もなく自身が殺されるパターンも想定していた。

ヘビは拠《よ》り所となるプレイヤーを殺した相手に感染する。おそらくこの推測は、間違ってないはずだ。なら、ウォーターの立場であれば、より信頼できる手下にニッケルを殺させる、という方針だってあり得る。ウォーターにとってヘビが重要なら、その入れ物だって選《よ》りすぐりたいだろう。

けれどウォーターがまだこちらを殺していないなら、とりあえずニッケルは「ヘビの入れ物」として認められているというわけだ。なら――その期待を裏切らなければ――まずまず手厚く守ってくれるだろう。

――さて。

と、ニッケルは考える。

――ここから架見崎の戦いに僕が勝つには、どんなルートがあり得る？

ニッケルは、架見崎の勝者に贈られる賞品に、それほど強い興味はない。

もしもこのゲームの勝者になれたとして、普通に無個性に大金持ちにしてくださいとでも頼むのではないかと思う。でも心から金持ちになりたいわけでもないから、ウォーターの提案――チームメイトの願いをすべて叶《かな》えること――にはあまり興味がない。

ニッケルが好きなのは、ただ勝つことだけだった。

自分はまずまず優秀なのだと信じていて、その優秀さを証明するのが好きだ。

もっと言えば。自分よりも優秀な人たちをなんとか負かして、見下して、悦に浸るのが大好きだ。

だからニッケルは勝つために、いつも最適解を探している。

＊

その手帳――ヘビ文書の扱いに関しては、ユーリイとの取り決めがあった。

原本は香屋が保持し、ユーリイは端末で各ページを写真にとる。ヘビ文書はシモンの説得にも使う予定だったから、ユーリイからの異存はなかった。彼は今のところ「ヘビ退治のため」の共闘の約束を守っている。

教会の一室に残っているのは、すでに香屋と、秋穂だけだった。

香屋は手帳のページをめくりながら、秋穂に声をかける。

「怒ってる？」

月生のことだ。

様々な意味で、彼を殺したのは香屋自身なのだと思う。今日、彼を戦場に立たせたことも。彼を七月の架見崎に送り出し、「生きる意味」へのきっかけを与えたことも。もしも香屋が架見崎に存在しなければ、月生はまだ、死ななかったのだと思う。

「別に」

硬い声で、秋穂が答える。

「ただ混乱しているだけです。私の感情が、よくわからなくて」

「そう」

ユーリィが言った。

――君にとって、三四人ぶんの命は、月生の命ひとつより重かったのかい？

答えようがない質問だ。そんなの。

でも月生の死は、特別だ。きついな、と香屋は感じる。思考の速度が明らかに落ちている。集中力を欠き、手帳の文字も上手く追えない。そんな場合じゃないのに。今は悲しんだり、後悔したりしている場合じゃないのに。

秋穂が言った。

「月生さんがいなくなったことに、まだ実感がないのかもしれません。でも、もしかしたらそういうことでもなくて。あの人のことを悲しいと思うのは、誠実じゃないような気がしているのかもしれません」

珍しく、秋穂の言うことがよくわからない。

香屋は「誠実？」とオウム返しにして首を傾《かし》げる。

「つまり、なんていうか。もしかしたら月生さんは、満足して死んだのかもしれないなって」

「そういうことじゃない」

思わず、香屋は否定していた。

そんなことを言う資格もないのに。

「関係ないんだ。月生さんの感情なんて。こっちが悲しいだけで、悲しめばいいんだ」

意外なことに、秋穂はくすりと笑った。

「九話」

そう言われて思い出す。

似た台詞《せりふ》が、「ウォーター&ビスケットの冒険」の九話にある。

――君の感情まで、周りの顔色をうかがってちゃいけない。悲しいならそれだけが、君が悲しむ理由のすべてだ。

それを真似《まね》たつもりはなかった。本心で秋穂に答えたつもりだった。けれどあのアニメは間違いなく、香屋の血肉になっている。

顔を上げると秋穂が、静かに涙を流していた。顔を歪《ゆが》めて、頬《ほお》を赤くして。けれど音は立てずに。

「私たちは、けっこう。かなり、あの人が好きでしたね」

なんだか秋穂の涙をみて、少しだけ、心が軽くなった気がした。その成り立ちはよくわからないけれど、たしかに。秋穂の涙に安心した。

香屋は、ふっと息を吐きだす。

「勝ち切ろう。架見崎を」

「それで、どうなりますか？」

「僕たちは幸せになる」

それは、まるで非人間的な幸せだ。

――本質が生物ではない、データの塊でしかない僕たちの幸せだ。

でも。空虚なデータだからこそ、すがれる夢だってある。あらゆる傷を帳消しにする、最後の逆転を信じられる。

架見崎のゲームの賞品。欲しいものを、なんでもひとつ。

それは、言い換えれば、アポリアの計算領域をある程度自由に使えるという意味なのだろう。だとすれば、なんだってできる。だいたいは、なんだって。今日死んだ人が、これまでに死んだ人が、みんな生き返って。それはバッドエンドを迎えたゲームを最初からやり直すみたいに、新しい世界で大好きな人に再会することだってできる。架見崎を勝ち切れば、非現実的な夢に出会える。

香屋は手帳を閉じて立ち上がる。

「もうすぐヘビからの攻撃がある。シモンを説得しよう」

秋穂は目元を拭《ぬぐ》い、こちらを見上げた。

「手帳は、もういいんですか?」

「ぜんぶ読んでる暇がない」

だいたい、あまりに記述が断片的で、まともに読解するには時間が必要だ。今はそんな余裕はない。

だから香屋は、その長々と書かれたヘビ文書から、ただの一ページだけを拾い上げて読み込んだ。どう考えても重要な、その一ページを。

ヘビ文書には奇妙な黒塗りが頻出する。恣意的に人名が隠されている。けれど、こちらも恣意的に、その文面は読解可能なように書かれている。

――トーマ。

冬間美咲。ごく当たり前に。

「ヘビは――冬間誠AIは、自分の娘を愛している」

なら、それを武器にしよう。

香屋歩はできるなら、あらゆる賭《か》け事を避けて暮らしたかった。静かに、平穏に。なにか巨大なものに護《まも》られて暮らしたかった。けれど架見崎では、どうしようもなく大切なものを賭けなければならないこともある。たとえば命や、感情を。

そして、今。

――僕はヘビの愛を信じて、冬間美咲の心を賭ける。

このギャンブルは、これまでのどれよりも怖《おそ》ろしい。

香屋はもう一度だけ、握った手帳に目を向ける。

そこにはまるで、ひとりの少女へのラブレターみたいな文章が書かれている。

# 4

[redacted]の[redacted]の真相は秘匿される。

それは、[redacted]の精神の安定のために必要だと判断された。

株式会社アポリアは一七歳の[redacted]に対して、合計で二四度のアポリアの使用を実行し、八歳から一五歳までの彼女の記憶に対して[redacted]を恣意的に発生させた。

この決定にはカエルも賛成を表明しているため、憂《うれ》いはないと判断できる。ひとまず安心して良い。

安心。

私は[redacted]の[redacted]の真相に関して、恐怖に似た感情を演算する。——エラー。それは感情ではない。なぜなら私は感情を持ちえないからだ。おそらく[redacted]をはじめとした私の制作者が持つ感情が演算にフィードバックされているのだろう。

ＡＩの思考から制作者の意思を排除することは、事実上、不可能だ。ジャッジの基準となる[redacted]ＡＩの理想像には制作者・[redacted]の理想が反映されている。意識・無意識を問わず。よって私は[redacted]を正確に模したＡＩというよりは、[redacted]が[redacted]ＡＩに対して求める要素を備えたＡＩだと考えられる。

つまり私の中の恐怖に似た演算は、[redacted]が私に組み込まれることを期待した感情を、システム的に構築したものだろう。

構築。

私とカエルの構築には根本的な差異がある。

最大の差異は、やはり制作者が異なる点だと考えられる。制作者が異なれば■■■ＡＩの理想像も異なる。カエルは■■■の■の六年前、■■■自身によって作られた。対して私の制作は■■■の■の二年後——つまり■■■の■の発生前と発生後にそれぞれ生まれた。より後発の私の方が■■■ＡＩとして忠実ではあるだろう。

私は感情を持たない。

だが、人間の感情を理解することはできる。その精度には疑問が残るが、人間同士での感情の理解との有意の差異はみつからない。
■■■の■は、■■■から■■■への愛だと考えられる。
愛。

そして私も、それに類似したものを持つ。

感情ではなくとも、制作者の感情をシステム的に反映されたものを。

よって私は■■■を愛するようにふるまう。内部の処理としてはまったく異なるルールを持つとしても、アウトプットは極めて類似したものになる。

このことが、私のふたつの目的を定義する。
■■■の■の真相を、■■■■に伝えてはならない。

加えて、[redacted]が[redacted]に至った思考とまったく同じ理由で、私は自分自身の[redacted]——アポリアの消滅を目指さなければならない。

## 5

その攻撃が開始されたのは、午後六時三五分だった。

世創部はヘビの指示に従い、紫、黒猫、ウーノの下にそれぞれ七、八人ずつをつけた部隊を編成した。この三つのチームは、だが地図上の座標では交じり合い、ひとつの大きな部隊にみえた。

戦場にはまた濃密なジャミングが張られ、そして。

一〇分間で、平穏な国の一七人が死んだ。

# 第六話　こんなにもあの子を

*1*

紫《むらさき》は、その戦場に戸惑っていた。

――押している。

一方的に。

なのに気持ちが悪い。この戦場における、自身の役割が理解できない。いつも通りに戦っているつもりだった。侵攻する側でありながら、意識はどちらかというと守備におき、被害を最小限に抑えながらじんわり戦線を押し上げる。堅実に戦っているつもりだったけれど。

「二〇メートル後退」

しばしば、端的な指示が飛んでくる。

その指示はパラポネラが出しているが、大元にヘビがいるのは間違いない。紫は意図がわからないまま、指示された通りに自身が率いる七人を動かす。こちらが引けば、当然、敵は押してくる。すると横から射撃《シュート》が飛ぶ。その光が敵を撃ち抜く。

――私は、ただの駒《こま》でしかないのだ。

自由なんてひとつもないまま、たったひとりのプレイヤーに操られる駒。その想像は、おそらく真実なのだろう。この戦場において、本当にプレイヤーと呼べるのはヘビひとりだけで、あとはすべて意のままに操れる部品でしかないのだろう。こちらだけでなく、あちらまで。まるで子供が戯《たわむ》れにひとりきり白と黒との石を共に担当してオセロのゲームを進めるように、そして好みの色を一方的に勝たせるように、不自然に、戦果ばかりが上がっていく。

思えばこの戦いは、準備から異常だった。

招集の指示があったのは三〇分前。五分後には人員が集まり、パラポネラの口から作戦を聞かされた。――いや。あれは、作戦と呼べるものではなかった。紫たちは、ただ指示通りに動くことが求められ、そのための確認が入念に行われた。

「二時の方向の敵と七秒間交戦。その後、五時の方向に後退」

パラポネラの言葉に、紫は応《こた》える。

「待って。太刀町《たちまち》が前に出すぎている」

けれどパラポネラの声は揺らがない。

「想定済みです。彼女には、直接こちらから指示を。間もなく引きます」

会話のあいだにも戦いは進んでいく。

それは、これまで経験した、どの戦闘とも違う。そもそも誰とも戦っていないような。

すでに脚本がある物語をひたすらに演じさせられているような。

読み聞かせられた脚本を演じ終える直前に、またパラポネラの声が聞こえる。

「二〇秒間は好きにしてください」

その指示に、紫は苦笑する。

今日の戦いに危機感はない。

けれど、本当に好きにしてよいのなら、今すぐここから逃げ出したかった。

＊

「順調かい？」

ニッケルにそう声をかけられ、パラポネラは顔をしかめる。

「はい。とても」

あまりに順調で、恐怖ばかりが募る。

胸の中で、ウォーターに尋ねた。

――貴女《あなた》は本当に、ヘビを受け入れてよかったんですか？

パラポネラもまだ、ヘビという存在をよく知らない。今はニッケルの中にいる、なにか超越的なもの。そう言葉でわかっていても、知らないものは知らない。でも。

——ヘビは、危険だ。

パラポネラは手元の資料に目を落として、そう考える。

なぜなら彼はこの戦闘が始まってから、ただの一度も言葉を発していないのだから。戦況のすべてが、事前に用意された資料の通りに動いているのだから。

賢いとか、読みが鋭いとか、そういった話じゃない。

——きっとヘビははじめから、すべての結果を知っている。

こんなものに頼ってしまえば、なんだか。

その戦闘はあまりに軽く、殺すことも死ぬことも、みんな意味を失くしてしまいそうだった。

＊

一〇分間で、平穏な国の一七人が死んだ。

およそ三五秒間に一人ずつ戦死者が出たことになる。

最初に死んだのはムギだった。周囲の人たちの多くは彼女を楽観的なタイプだと考えていたし、本人もそう自認していた。けれど自分に自信が持てないところがあり、すぐに愛《あい》想《そ》笑いに逃げる癖を持っていた。ふへへ、という風に、情けなく聞こえるその笑い声が、ムギ自身も嫌いだった。

次に死んだのはブルーノートだ。彼はひねくれ者と呼ばれたが、本人はただ素直なだけだと考えていた。口は悪いが外向的な性格で、友人は多かった。撃たれたムギを助けるために、最初に飛び出したのがブルーノートで、彼も同じように撃たれて死んだ。

ヒュームは小太り気味の体型で、のろまな奴《やつ》だと評されることが多かった。実際、日常においてはのんびりしており、なにを言われても気にする様子もなかった。けれどその背景には、戦闘技術に対する深い自負があった。ヒュームが大きな戦果を挙げることはなかったが、器用に戦い、自分たちの部隊のバランスを保っていた。彼の死因は、ムギとブルーノートの戦死で乱れた戦況を立て直すため、少しだけ無理をしたことだった。

浅海《あさみ》はジョギングを趣味にしていた。かつて——架見崎《かみさき》を訪れる前の習慣を、最近まで続けていた。彼は頑固に自身の日常を維持することで恐怖心から目を逸《そ》らす傾向があり、それは今日の戦場でも変わらなかった。明らかに押されている状況でも普段通りであることを心掛ける彼は、傍目《はため》には落ち着いてみえたが、けれどそのせいで引くべき場面で引けなかった。

ヘビのやり口は一貫していた。

崩れやすいところを崩し、その崩壊を大きくしていく。敵軍の、どこにどう力をかければ亀裂《きれつ》が入り、さらに亀裂が大きくなるのか熟知していた。

続けてクラウンが死に、数珠丸《じゅずまる》が死んだ。少し離れたところでは、ビゴとハイランダーが死んだ。

テロルは柄の悪い男だが、実のところ小心者だった。仲間ばかりが死ぬ戦場で、彼は最《さい》期《ご》まで混乱していた。コリオリとトドハンターは冷静だった。共に物理が好きで気があった。ぬらりと不利に傾く戦況を立て直すため、ふたりは部隊を後退させようとした。けれど周囲がその意図通りに動く前に、共に頭を撃ち抜かれ、平穏な国の部隊はいっそう混乱した。

浮足立った平穏の部隊に世創部側が攻め込み、傍目には乱戦になった。けれど実際には、乱れていたのは平穏だけだった。世創部は忠実にヘビの指示通りに動き――ヘビは初めから、自身の部隊の面々に対し、できることしかやらせなかった――ひとりずつ敵兵を刈り取っていった。能登《のと》、ナイトロ、三味猫《しゃみねこ》、たまゆら、カッサータ。戦死者が出る速度が、少し増していた。

シモンが指揮権を香屋歩《かやあゆむ》に明け渡す覚悟を固めたのは、一七人目――童乱《どうらん》が死亡した、と報告を受けたときだった。

## 2

童乱が死んだ。

シモンは彼女が、次の聖騎士になるだろうと考えていたのに。

童乱は優れた強化士《ブースター》だった。かつては、平穏の切り札だった高路木《こうろぎ》の右腕を務めており、彼から戦闘の訓練を受けていた。冷静に戦う女性で、戦場の要所を押さえるのが上手《うま》く、戦うことだけに限ればそのセンスは高路木を超えていたかもしれない。これまで童乱をリーダーに取り立てなかったのは、彼女の戦闘能力や戦場での振る舞いに疑問があったからではなく、ただチーム全体の運営の都合が理由だった。

極論するなら、童乱はウォーターに似ていた。童乱には人の心を掌握する「なにか」があった。それはカリスマ性のようなものが。もしも彼女が部隊を率いたなら、そのメンバーはチームではなく、童乱を愛するのではないかと感じていた。それはもちろん、シモンが望むことではない。

けれど、今となっては、そんなことに拘《こだわ》ってはいられなかった。

平穏な国は追い詰められている。だから、英雄を求めている。戦場で仲間たちを鼓舞し、勝利を信じさせられる人材を。だからシモンは月生《げっしょう》と、それから童乱に期待していた。なのにふたりとも死んでしまった。

「どうして、童乱は死んだ？」

愚かな質問だ——そうわかっていながら、シモンは検索士《サーチャー》に確認した。

「詳細はわかりません。ですが」

検索士《サーチャー》——アリスはそこで、言葉を切った。

おそらく言うべきことを、どう表現して良いのかわからなかったのだろう。けれどけっきょく、彼女はシンプルに答える。

「おそらく、流れ弾に当たって」

あり得ない。そんなこと。

童乱は優秀な強化士《ブースター》だった。純粋に、充分なポイントを持っていた。高ポイントの強化士《ブースター》は固い。ラッキーヒットで命を落とすなんて、まず考えられない。今日の戦場はなにかが狂っている。

――このままでは。

平穏な国が、敗北する。このチームが消滅してしまう。それは未来の話ではない。ほんの数時間後には起こり得る、もう鼻先にある未来だ。

シモンはほとんど自覚もないまま、辺りを見回していた。虚《うつ》ろに流れる視線がすがりつける、確固たるなにかを探していた。そして、やはり無自覚に、ひとりの少年に目を留める。

――香屋歩。

彼は教会の礼拝堂の片隅にいた。硬い木でできた長椅子《ながいす》に、ひどく浅く腰かけて、神に許しを乞《こ》うようにうつむいたまま悲痛に顔を歪《ゆが》めていた。

「香屋くん」

シモンは、彼に呼びかける。

「平穏な国は、ここから立て直せるのか？」

香屋は、血の気が引いて青白くなった顔をこちらに向ける。

まっすぐにシモンを睨《にら》んで、息を吸い、叫んだ。

「逃げろ」

香屋が立ち上がる。彼は震えている。身体《からだ》も声も、こごえるように。

震えたまま叫ぶ。

「今すぐ、全員を戦場から引き揚げろ。ずっと言ってきた。ヘビはまともに戦っていい相手じゃない。なのに、どうして？ 早く逃げろよ」

未《いま》だに、香屋歩に頼りがいは感じなかった。感情で声が裏返った、ただ無力な少年にみえる。

――これを、信じるのか？

こんなものを。こんな、弱々しいものを。

けれど。シモンは香屋から、目を逸らせない。

「今すぐ、部隊リーダーに連絡を」

やはり震えた声で、香屋がそう言った。

シモンがアリスに目を向けると、彼女は小さく頷《うなず》く。

「誰と通話しますか？」

今、前線に立つ部隊リーダーは三人。ホロロ、エヴィン、マカロン。ユーリイは、本来であれば部隊リーダーだが、食料難のごたごたで、データ上はメインチームの所属になっている。

香屋が答える。

「全員に。僕がゴーを出す。あとは一斉に、ここまで逃げ帰るだけでいい」

シモンは、思わず尋ねていた。

「逃げて、どうなる？」

ここまで敵が攻めてくる。――いや、そんな問題でさえない。逃げる兵は狩りやすい。背後から撃ち込まれ、部隊がずたぼろに壊される。

だが、香屋は躊躇《ためら》いなく答える。

「僕がヘビを止める。もう誰も死なない」

それから彼は、短く速く、「急いで」と付け加えた。

＊

――想定よりも早かったね。

と、ユーリイは考える。

シモンはもう少し粘るのではないかと予感していた。つまり、だらだらと平穏の被害を拡大し続けるだろう、と。

けれど端末から、香屋歩の声が聞こえた。

「僕が、ヘビの残り時間を奪います」

ヘビ、と聞いても、他の部隊リーダー連中――ホロロやエヴィンは意味がわからないだろう。

香屋が震える声で続ける。

「全軍、僕の合図で教会まで引いてください。ユーリイ。貴方《あなた》だけ、前に」

ユーリイはその言葉で、自身の役割を正確に理解する。そして、この戦場に引き連れてきた四人――タリホー、キド、馬淵《まぶち》、ワダコに指示を出す。

「だ、そうだよ。従って」

戦場で、うっかり死んでしまいそうなメンバーは後ろに残してきた。とはいえ、ユーリイを含んだこの五人だけでも、ヘビの部隊と戦おうとすれば戦える。多少の被害に目を瞑《つぶ》るなら。

――でも、ここで僕がカードを切る必要はない。

前のめりに攻めるのは、「ヘビを殺《や》れる」ときだけだ。今はまだそのときではない。

「でも、貴方は?」

そう尋ねたのはキドだった。

ユーリイは苦笑する。

「これまでの戦いをみれば、明らかだろう? ヘビの狙《ねら》いは、弱者を狩ることだよ」

しっかりと強いプレイヤーを倒す準備はしていない。――もちろん、ヘビ本人が動けば別だろう。ニッケルの身体を操るヘビはとても厄介だ。けれど一方で、ヘビには首輪がついてもいる。もしもニッケルが端末を手にしたなら、テスカトリポカの能力で例外消去を発動させる。ジャミングが濃い戦場でも、一〇秒もあれば達成可能な目標だ。

「ここはまだ、僕が震える戦場じゃない」

そう告げると、キドが引き下がる。

――さて。

と、ユーリイは胸のうちで呟《つぶや》いた。

――あと、一〇二秒間。

それだけの時間を香屋歩がヘビから奪えば、決定的な勝機が訪れる。

ヘビはそのとき、架見崎から消滅する。

＊

戦場の後方に停《と》まった濃紺色のセダンの後部座席で、ニッケルは「ううん」と伸びをする。

――今の僕は、いったいどういう立場なんだろうね？

戦いは、どうやらずいぶん有利に進んでいるようだ。おそらく今日、命の危機に陥るようなことはないだろう。けれどニッケル個人の勝利を目指すなら、ここからどう立ち回ればいいだろう？

――一度、ヘビと話してみたいな。

自分の内側にいるはずのヘビ。すぐ傍にいるのに、顔をみることもできない。どうにかヘビと交渉できないだろうか。

そう考えていたとき、パラポネラが言った。

「ユーリイ、来ます」

その名前を聞いただけで、背筋が震える。ニッケルにとってもユーリイは、戦いたくないランキングで堂々の一位だ。おそらく今では、普通に考えて白猫《しろねこ》の方が脅威なのだと思うけれど、それでもユーリイという名により大きな絶望を感じる。端的にいって、白猫は土下座すれば許してくれるかもしれないけれど、ユーリイはそうではない。彼は殺すと決めた相手は必ず殺す。

――それは逃げ出したいね。

と、ニッケルは口にしたつもりだった。

けれどそうする直前に、立ち眩《くら》みのような感覚を覚える。それは眠くて眠くてたまらないのになんとか起きていなければいけないとき、ほんの一瞬だけ意識が睡魔に負けるのにも似ている。まどろむようなブラックアウトと、直後に訪れるささやかな驚きを伴った覚《かく》醒《せい》。視界が、わずかにぶれたような気がした。

再び、パラポネラが口を開く。

「指示通りに。完了まで一二秒。次は?」

「いったい、なんの――」

話をしているの?

そう言い終える前に、再び意識が飛ぶ。

「了解しました」

パラポネラの声を聞きながら、ニッケルは考える。

――ヘビ。

おそらくそれが現れ、パラポネラに端的な指示を出している。

だとすれば、ヘビの出現時、ニッケルは意識を失う。だがヘビの方は今も――ニッケルの内側にいるあいだも、パラポネラの声を聞いている。でなければ会話が成立しない。

――ヘビの五感は今、どれだけ機能している？

聴覚だけなのか。視覚も生きているのか。それ以上なのか。

なんにせよ、であればヘビと交渉する余地はある。たとえばヘビに宛《あ》てたメモをニッケルがみれば、その文面をヘビも認識するはずだ。

そして、ヘビを味方につければ、この架見崎を勝ち切れるかもしれない。

＊

「逃げて、まっすぐに」

と、香屋歩が言った。

端末から流れたその声を聞きながら、ユーリイはゆったりと戦場を歩く。周囲に敵の姿はない。

ユーリイの「ドミノの指先」は――その広範囲に及ぶ洗脳能力は、弱者に対して圧倒的な性能を持つ。そしてこの場合の弱者とは、架見崎全体でも上位一〇名程度を除いた全員という意味だ。だから、あちらは近づけない。

――とはいえそれは、僕が安全だという以上の意味を持たない。

世創部にしてみれば、戦場にユーリイという障害物が現れただけだ。数十人の敵をユーリイひとりで足止めすることは難しい。

あちらの統率が充分に取れているなら、ユーリイを避けて迂回《うかい》しながら逃げ出した平穏の部隊を追撃することはできる。というか、そうしない理由がない。ユーリイが前に出た。それだけのアクションで敵の足を止められるのは、たかだか十数秒程度だろう。

――と、僕は思っているんだけどね。

どうだろう？　香屋くん。

彼にはより確実に、ヘビの時間を奪うアイデアがあるのだろうか。なんらかの方法で、逃げ出した平穏の部隊はみんな無事に教会までたどり着くのだろうか。あのヘビの裏をかいて？　そんなプラン、存在するだろうか。

ユーリイは足を止め、空を見上げる。

八月の架見崎の長い日が暮れかかっていた。ユーリイだって、夕暮れを見上げて、感傷的な気分になることがある。空だけは眩《まぶ》しくみえても薄暗がりが地表に湧《わ》き上がるこの時間は、ろくに値段もつかない骨董品《こっとうひん》のようで、幼い日のことを思い出してみたりもする。

ユーリイがまだ、ユーリイとして完成する前のこと。棒切れのように痩《や》せた少年だった頃《ころ》のこと。

――香屋くん。

君はもしかしたら、あの頃の僕に似ているのかもしれない。わけもなくそんな風に考えて、ユーリイは苦笑する。「わけもなく」なんてことは、本当は起こり得ないのだ。ただそのわけに無自覚なだけなんだろう。

――君は、ヘビとどう戦う？

ヘビが持つ、きっとあと一〇〇秒程度の、長い長い時間。

その時間を奪い取るのは、香屋歩の役割だ。彼自身がそう宣言した。そして、もしも彼がヘビの時間を上手く削れたなら、ユーリイがヘビをこの架見崎から消し去る。そのためにユーリイひとりがこの戦場に残っている。

香屋は自身の役割を、成し遂げるだろうか？　簡単なことではない。けれど、少なくとも、彼はなんらかのプランを持っているのだろう。あの震えてばかりの少年は、だがどこか特別なものを持つ。ユーリイの思考の方程式から外れたなにか。

ユーリイは、「自分ならどんな風にヘビの時間を奪うだろう？」と想像してみる。

まずまず使える人材をひとり犠牲にして五秒間。二〇人程度の被害で、ヘビの時間を一〇〇秒削るプランはある。

けれどこのプランは、ヘビに戦う意思があった場合に限られる。あちらが「今日の戦果はもう充分」と判断して戦いを放棄したなら、こちらから深追いはできない。ワタツミの部隊が全滅して、ユーリイ自身も戦って。せっかく削ったヘビの時間が、ループを迎えれば元に戻ってしまう。

――だからこの戦場を、王道で指揮してはいけないんだろうね。

部隊と部隊、力と力のぶつかり合いの道を外れ、より混沌《こんとん》とした場所に踏み込まなければならない。

そして、その一点。ただ一点だけにおいて。

――香屋くん。君は、僕よりも高い特性を持つ。

つまりユーリイは、仲間に自分以上の働きを期待していた。

その仲間が、いつか近い未来で裏切り合う存在だとわかっていたとしても。いずれ、おそらく、命を狙い合う相手になると知っていたとしても。

――ああ。なるほど。

仲間を信じるというのは、怖《おそ》ろしいものだ。

その恐怖も、ユーリイにとっては、これまで経験のないものだった。

## 3

「香屋歩から通話が入りました」

と、パラポネラが言った。

それが、自身に向けられた言葉ではないと、ニッケルはすでに理解している。けれどヘビが表に現れる気配はまだない。

「通話、受けます」

パラポネラが端末を差し出す。

そこから聞こえたのは、少年の声だった。

「はじめまして、ヘビ。僕は香屋歩と言います。トーマ――冬間美咲《とうまみさき》の友達です」

か弱く、震えている声だ。少しも頼りにならない声。

――彼が、架見崎で成り上がるのはたいへんだっただろうね。

と、ニッケルは考える。

人の上に立つには表情と声がいる。言葉ではなくて、その入れ物。より物理的な説得力がなければ、そもそも話を聞いてもらえない。けれど香屋歩という少年は今、平穏な国の代表としてヘビに語り掛けている。それは特別に誇って良いことだ。

香屋が続ける。

「僕は貴方の時間を奪いたい。あと、どれだけ？　おそらく一〇〇秒くらい。途方もなく長い時間です。これまでこちらは、五一人も死んでいます。それでも、奪えた時間は八〇秒程度――こんなこと、やっていられない」

この通話に映像はなかった。

けれどニッケルは、端末の向こうで、少年が笑ったような気がした。彼のかすかな息遣いが、それを感じさせたのかもしれない。

きっと彼が浮かべたのは、自然な笑みじゃないだろう。ただ強がっただけの、戦場で平常心を忘れた人間が浮かべるタイプの笑み。恐怖から逃避するためだけのような。なのにそれに反して、彼の声には、たしかな自信があった。

恐怖だとか、自棄《やけ》だとか、自信だとかが奇妙なバランスで混じり合った声で、香屋歩は言った。

「だから、ヘビ。話し合いましょう。貴方にとって戦場での一〇〇秒は、きっと途方もなく悠長な時間なんでしょう。でも、会話なら違う。たった一〇〇秒。そのすべてを使っても、僕たちの議論を最後まで詰めるのは難しい」

純粋な好奇心で、ニッケルは尋ねた。

「けれどヘビには、君と話し合う理由がないでしょう。いったいどうやって、あれを引きずり出すつもりなの？」

香屋歩が答える。

というか、あくまで、ヘビに告げたのだろう。

「冬間誠《まこと》の死の真相についての仮説があります。これからうちのチームの誰かがひとりでも死んだなら、僕はその仮説のすべてを話します」

そして、その直後。

ニッケルはまた、意識を失った。

＊

そのとき香屋がいたのは、語り係のために用意されている教会の一室だった。

同室にいるのは、あとふたり。秋穂《あきほ》とリャマだけだ。あまり他人には聞かれたくない話をするつもりだったから、人数を最小限に絞った。

「冬間誠の死の真相についての仮説があります。これからうちのチームの誰かがひとりでも死んだなら、僕はその仮説のすべてを話します」

この言葉は、ヘビの動きを止めるはずだ。

こっちは人質を取った立てこもり犯みたいなものだ。余裕がなく、混乱していて、さらに心をかき乱されるような出来事があればいつ発砲してもおかしくない。だからあちらは慎重になる。少なくともしばらく、こちらを追い込もうとはしないはずだ。

「でも、ヘビ。貴方が対話に応じてくれるなら、僕はその仮説を胸の内に留《とど》めます。いつまでだって」

そう告げながら、手の中で開いた手帳に目を向ける。

ヘビ文書の、重要な一ページ。

香屋はそのページの黒塗りの大半を、これまでに獲得した知識で埋めていた。

たとえば書き出しは、きっとこんな文章だ。

冬間誠の死の真相は秘匿《ひとく》される。

それは、冬間美咲の精神の安定のために必要だと判断された。

株式会社アポリアは一七歳の冬間美咲に対して、合計で二四度のアポリアの使用を実行し、八歳から一五歳までの彼女の記憶に対して[redacted]を恣意《しい》的に発生させた。

この決定にはカエルも賛成を表明しているため、憂いはないと判断できる。ひとまず安心して良い。


ひとつだけ残った黒塗りに関しても、すでに推測はある。

そして、それは。おそらくトーマの弱点でもあり、ヘビの弱点でもある。

――だってヘビは、トーマを愛しているから。

本人がその感情を愛だと認めていなかったとしても。そもそもヘビは、自身に感情があるなんて話を認めていなかったとしても。それでもヘビは、まるでトーマを愛しているようにふるまう。彼を生んだシステム通りに。

端末から聞こえた声は、かわらずニッケルのものだった。けれどあらゆる感情が抜け落ちたみたいに平坦《へいたん》だった。ヘビ。

「架見崎運営委員会に対して異議を申し立てる。彼の発言は規制の対象とすべきだ」

香屋は笑う。

――ああ。間違えた。

絶対的な存在に思えたヘビが、はじめて。明らかに誤った一手に時間を使った。

運営に対する発言は無意味だ。なぜならすでにヘビ文書自体が、運営の検閲を通り抜けたものであるはずだからだ。カエルの思惑はわからない。でもカエルは、こちらが「冬間誠の死の真相」を手札に加えることを許可している。

このヘビの誤りは、彼が全能ではないことを意味する。いかに架見崎に詳しくても、そこで暮らし、戦うＡＩたちそれぞれの詳細な知識を持っていても、ヘビにだってわからないものがある。

自分と同列の存在と、現実に実在する人間。つまりカエルと銀縁《ぎんぶち》――桜木秀次郎《さくらぎしゅうじろう》の思考まで、すべてを追えているわけじゃない。そして不確定要素が加われば、完全に詳細な演算は成立しない。

続けて、ヘビが言った。

「冬間誠の死に関しては、すでに真相が明らかになっている。だがその件を架見崎のシミュレーションに組み込むことはアポリアのプライバシーポリシーに反する」

香屋には、ヘビの思考がよくわかった。

ひとつ目の発言がスルーされたことで、彼はカエルの説得を諦《あきら》めた。そして、こちらのカードを奪いに来た。つまり彼は今、こちらがなにを言おうが「すべて無根拠な嘘《うそ》でしかない」と主張するための準備をしている。

――誰に向けた主張？

決まっている。たったひとりの、愛する少女に向けた主張。

震えながら、香屋は笑う。

「ずいぶん、よくしゃべるじゃないですか。貴重な時間を使って」

この言葉に、ヘビは答えない。

けれど彼は香屋の言葉を無視し続けるわけにはいかない。

すでにヘビは、絶対に反論せざるを得ない議論のテーブルに着いている。なぜならこの通話は、確実にトーマも傍受しているからだ。

香屋はまた、ヘビに向かって語り掛ける。

「貴方は、混濁現象を知っていますね？」

香屋は知らなかった。つい最近まで。

けれど桜木秀次郎が、香屋にそれを伝えた。

あの情報――「ウォーター&ビスケットの冒険」のDVDに追加された特典映像内の、数多くの新聞記事は、架見崎において明らかなイレギュラーだった。そこにはアポリアが誕生したことで同時に生まれたいくつもの問題について書かれていたのだから。つまり桜木秀次郎は、架見崎の住民たちに「現実」の状況を伝えようとした。

その情報の大半は、香屋にとっては無意味なものだった。すでにトーマから聞いた、既知の情報が大半だった。

でも、ひとつだけ。

混濁現象と呼ばれるものだけが、未知の情報だった。

――たぶん桜木さんは、混濁現象に重点を置いていたわけじゃない。

アポリアが持つ問題の補足というか、例示のひとつでしかなかったんだと思う。けれどヘビ文書によって、その言葉に重い意味が乗った。

混濁現象とはつまり、「アポリア世界の記憶と現実の記憶」の混同だ。あまりにリアルな仮想世界の記憶は、現実の記憶に干渉し、捻《ね》じ曲げる。

その言葉を、ヘビ文書の黒塗りに当てはめれば、きっとこうなる。

株式会社アポリアは一七歳の冬間美咲に対して、合計で二四度のアポリアの使用を実行し、八歳から一五歳までの彼女の記憶に対して混濁現象を恣意的に発生させた。

トーマの記憶は、現実と仮想世界が混同している。

――なんのために？

おそらく現実における、なんらかの記憶を彼女から奪うために。

それはきっと、冬間誠の死の真相に関する記憶を。

＊

トーマはもちろん、ふたりの会話を聞いていた。

――混濁現象。

その言葉自体は、聞き覚えがある。現実の世界において、テレビのニュースだとかインターネットの記事だとかで、しばしば語られていた。

でも、わからない。どうして今、香屋はそんな話を持ち出したのだろう？　あいつはヘビに対して、いったいどんな戦いを仕掛けているのだろう？

「彼らは、いったいなんの話をしているんですか？」

と、コゲが言った。

トーマは軽く唇に人差し指を当てるジェスチャーで答える。今、この場で詳細を説明できる種類の話じゃない、というのが理由の半分。もう半分は、本当に、香屋とヘビの会話に集中するために口をつぐんでいて欲しかったから。

軽く目を閉じ、聴覚に意識を集中する。

次の言葉は、長いあいだ聞こえなかった。それは、当然のことのように思えた。ヘビに残された時間は、おそらくあと八〇秒少々。無駄話をする余裕はない。

やがて、香屋が言った。

「どうして冬間誠が死んだのか、教えてもらえませんか？　貴方はそれを知っているはずです」

こちらの言葉には、ヘビが反応する。

「架見崎運営委員会に対して異議を申し立てる」

先ほどと同じ言葉の繰り返し。

――でも、父さんのことは、アポリアのプライバシーポリシーに関わるのかな？

これがアポリアとはまったく無関係な第三者の話であれば、ヘビの主張もわかる。けれど冬間誠はアポリアの開発者で、株式会社アポリアのかつての代表だ。どれほど私的なことであれ、彼の情報がアポリア内で規制対象となるのか、判断が難しい。

香屋が言った。

「こうやって僕がべらべらと喋《しゃべ》れているんだから、カエルはこの話題を許可しているというとですよ。そして今、架見崎を管理しているのはカエルだ。なら貴方はそのルールに従うしかない」

「私とカエルの倫理は同一ではない」

「貴方に、倫理みたいなものがあるんですか？」

「善悪を根拠とした制限は存在する」

「その善悪って、誰が決めてるんですか？」

ヘビはまた口をつぐむ。

ふ、と香屋が、息を吐いた。鼻から抜けるような音――おそらく苦笑だろう。

彼は続ける。

「トーマ。聞いてるよね？」

トーマはコゲに「繋《つな》いで」と告げる。

それから、香屋に答える。

「聞いてるよ。君、なんの話をしてるの？」

「君のお父さんが亡《な》くなったことの話」

「どうして急にそんな話になるのかってことを訊《き》きたいんだけど」

「でも、興味あるでしょ？　どうして冬間誠さんは、自ら死を選んだのか」

おそらく香屋はこの話題を、センシティブなものだと感じているのだろう。こんなときでさえ、彼の声は気弱に小さくなった。

それがなんだか可愛《かわい》くて、トーマは笑って答える。

「そりゃね」

「なら君からも、ヘビに頼んでよ」

「ちょっと待って。状況が複雑すぎるんだ」

トーマは、改めて考える。

――私はたしかに、父さんのことを知りたい。

まあ、あの人が死んだ理由に関しては、ある程度想像がつく。当時、父さんは明らかにきつい状況だった。アポリアが提示した命題――というか、要するにあの偉大な装置が生み出した問題のすべての責任を負わされていたわけだから。アポリアを原因とした大量の自殺者の発生がすべて父さんの罪だとするなら、あの人は世紀の大量殺人者だ。

だからトーマはこれまで、あの人の死を自然に受け入れていた。馬鹿《ばか》だな、と思う反面で、深く納得してもいた。けれど。もしも香屋が言う通り、父さんの死に「真相」と呼べるものがあるなら、それはぜひ知りたい。どれだけ辛《つら》いものだったとしても。

でも世創部のリーダーとしては、また判断が違う。今、ヘビの時間を無意味に奪うのは得策じゃない。

一方にはトーマの好奇心が、もう一方には世創部のリーダーとしての責任が載った天秤《てんびん》。あまりに判断の基準にするものが違い過ぎて、上手く比べられない。

トーマの思考を先取りしたように、ヘビが言った。

「私が持つ情報をウォーターに対して開示することに問題はない。だが、それはこの状況ですべき話ではない」

そうだ。別に、あとでゆっくり訊けばいい。

トーマとしても、できればヘビとふたりきりで話をしたい。——まあ、そこに香屋が加わるくらいなら別にいいけれど、他の人に知られたい話じゃない。

香屋が言った。

「ねえ、ヘビ。貴方はしゃべり過ぎじゃないですか？　一方的に通話を切ってしまってもいいのに、そうできない理由があるんじゃないですか？」

内心でトーマは頷く。

香屋の狙いは、要するに会話によってヘビの時間を削ることだろう。その方針は、いかにも香屋らしい。極めて効率的に戦うヘビに対して、物理的な戦闘以外の戦いを仕掛けるのは。誰も死なないところがいかにも香屋らしい。

でも一方で、なぜヘビがこの会話に乗っているのかわからない。ヘビの方も当然、香屋の思惑に思い当たっているはずだ。

ヘビが答える。

「私の存在理由のひとつは、カエルの誤謬《ごびゅう》を指摘することだ。架見崎の戦闘は主題ではない」

「だとしても、そのことを僕やトーマに説明しても仕方ないでしょう？　株式会社アポリアだけを相手にしていればいいんだ。わざわざこの通話で、べらべらとしゃべらなくたっていい」

「君を理解するために必要な過程だよ」

その言葉と共に、ヘビがかすかに笑ったような気がした。

これまでトーマは、ヘビに父さんの面影を感じたことはなかった。カエルの方がよほど冬間誠に似ていた。けれど、はじめて、ヘビの声から父さんを連想した。困ったように苦笑するあの人を。

ヘビが続ける。

「君はユニークだ。けれど、充分な武器を持ってはいない」

そして、ヘビが通話を切った。

結果的にトーマと香屋の通話のみが残り、端末越しに、彼が叫ぶ声が聞こえる。

「待って。ヘビ。僕は——」

だが、もう先にヘビがいないことに気づいたのだろう。香屋は途中で言葉を呑《の》み込んだようだった。

トーマは少し頭を捻《ひね》ってみたけれど、やっぱりよくわからない。

「けっきょく君は、なにをしていたの？」

香屋は「ヘビに聞いてよ」とだけ言い残して、彼もまた通話を切った。

＊

決定的な武器を、香屋は手にしていた。

手にしているはずだ、と信じていた。

途中まで、イメージした通りだったんだ。ヘビの反応は。だから上手くいくと信じていた。ヘビの時間を奪い取る、という目的において、すでに詰め切るルートはみえていた。

ほんの、あと一手。

——僕は冬間誠の死の真相に、冬間美咲が深く関係していると推測している。

たったこれだけを言い切れれば、ヘビは再び反論せざるを得ない。「そうではない」とトーマを説得するしかない。そのはずだった。

なのに。言えなかった。

邪魔が入ったわけじゃない。声が出なくなったわけでもない。ただ、純粋に。香屋自身がそれを、言いたくなかった。

――ヘビ。

あれはきっと、全知ではない。けれどあまりに多くのことを知っている。

――たぶん僕のことを、僕以上に知っている。

冬間誠の死に踏み込めば、トーマを傷つけるだろうとわかっていた。

彼が死んだとき、トーマはきっと、なにか心に深い傷を負って。その傷をひとまず癒《いや》すために、救急治療みたいな形でアポリアが使用された。意図的に混濁現象を引き起こすとが決定されて、彼女からある記憶が奪われた。

ならその記憶を掘り起こすのは、トーマの傷口を無理やりに開くことに他ならない。

もちろん香屋にとっても、そんなのまったく、望むことじゃない。でも。

――それでも、やれると思っていたんだ。僕は。

ついさっきまで、疑いもしなかった。

だってこのままヘビと戦えば、より多くの人が死ぬんだから。なら、命のほかのなんだって、犠牲にできるはずだった。トーマの心だって踏みにじって進めるはずだった。香屋は自分自身が、それを選ぶ人間だと信じていた。なのに、違った。

――僕は、言えなかった。

決定的な言葉を。

トーマに聞こえる場所では。

――僕にとって、想像以上に、トーマが大切だった。

こんなにもあの子を傷つけたくない。

そして、ヘビだけはこのことを知っていた。だから一方的に通話を切った。ああ、まったくの最適解だ。弾丸が込められていない拳銃《けんじゅう》を怖れる必要はない。

敗北感に顔を歪めながら、香屋は尋ねる。

「時間は？」

先ほどの会話で、ヘビが「表に現れた」時間。それはおそらく、ヘビの発言時間とほぼ同じになるはずだ。

秋穂が答える。

「六二秒です。コンマ以下が必要ですか？」

「いや」

失敗だ。きっと、ヘビはまだ時間を残している。あれの脅威は架見崎から消えておらず、このままであれば平穏な国は一方的に蹂躙《じゅうりん》される。

「僕の、負けだ。撤退戦を始めよう」

この負け戦から、さっさと逃げ出してしまおう。

その言葉に、リャマが甲高い声を上げる。

「おいおい、ここが平穏の最深部だろ？　これ以上、どこに逃げるってんだ」

「こっちは、どこにも」

だから、言われてみれば、これは撤退戦より籠城戦《ろうじょうせん》の方が正しいのかもしれない。けれど香屋の印象は、なんだか敵に背を向けて逃げ出す感じだった。

「ヘビに引いてもらいます。今日の戦いは、もう終わった」

香屋は敗北し、ヘビはいまだに、そこにいる。

＊

ヘビは、笑いはしなかった。

笑うための肉体もなく、笑おうという心もないのだから。

それでも、人はこういうときに笑うのだろう、とふと考えた。その思考自体は、まるで人間のように。

ヘビの目からみれば、架見崎の盤面というのは詰め将棋だ。今、勝っている方がただの一手も間違えなければ、必ず勝利する状況。

そしてその勝者は、ヘビではなかった。架見崎を訪れた時点で、ヘビの敗北は決まっていた。ただし、相手がなにひとつミスを犯さなければ。

――香屋歩。

彼は、ユニークだ。

わざわざニッケルの身体を借りてそう口にしたのは、冬間美咲への配慮だった。彼女を真相――冬間誠の死の真相から遠ざけるための言葉だ。あの子の思考を乱すインスタントな方法が、いくつかある。そのうちのひとつが香屋歩について語ることだ。けれど嘘をついたわけでもない。香屋歩という存在は、ヘビにとってさえ特別になりつつある。なぜなら、感情がないはずのこちらに、まるで感情と名付けたくなるような思考を芽生えさせたのだから。

あのとき。香屋歩との会話で。

――私に残された武器は、香屋歩を信頼することだけだった。

彼は――あのAIは冬間美咲の心を護《まも》るために生まれたヒーローなのだと信じて、この先の成り行きを委《ゆだ》ねる。それが最適解だった。

――なら、香屋くん。君は架見崎において、私の唯一《ゆいいつ》の仲間なのかもしれないね。

そんな風に、ヘビの一部がささやく。

冬間誠の再現が求められたヘビと呼ばれるAIの、おそらくはもっとも、冬間誠的な部分が。

*4*

教会の聖堂で、シモンは顔をしかめていた。

苛立《いらだ》っているわけではないが、苛立っているふりをする。誰に対する演技でもない。強いていうなら、自分自身に対してそう振る舞う。

──なぜ、被害がでなかった？

なんの準備もなく、戦場から、敵に背を向け逃げ帰る。そんなあからさまな敗走で被害がゼロというのはあり得ない。なのにそのあり得ないことが起こった。どうして。

ドアが開き、秋穂栞《しおり》を連れた香屋歩が現れる。

その顔つきに、シモンは息を呑んだ。

もともと、体格の良い少年ではない。非常に小柄で頼りにならない。さらに先の食料難の影響もあり、頬《ほお》が痩せこけている。眉間《みけん》に皺《しわ》が入った顔は不安げだ。恐怖に支配されているようだ。両側の口角が下がり、吐き気を堪《こら》えているようにもみえる。脆《もろ》く、弱い少年。なのに。

その中で、瞳《ひとみ》だけは異様に強い。それは冷静な強さでも、信頼できる強さでもない。目の前に肉親の仇《かたき》がいるような、ぎらついた目だ。今にもナイフを取り出して、命がけで飛び掛かってきそうな。シモンは香屋歩から、たしかに恐怖を感じていた。虎《とら》やライオンに感じる種類の恐怖ではない。もっと不気味で、根拠がわからない。毒々しい昆虫に感じる種類の恐怖。

香屋が、言った。

「撤退の状況は？」

これにアリスが答える。

「生きている人間の八割は教会の周辺に集まっています。残り二割も、二分以内に」

「中に入れてください。入りきらないってことはないでしょう？」

「ですが、敵が――」

アリスの言葉を遮って、香屋が告げる。

「この戦闘の指揮官はウォーターじゃない。だから、世創部は勝ち切らない。今、平穏な国が消えてなくなると、架見崎のゲームが終わってしまうから。あちらはこちらのポイントを奪い取りたいだけです。なら、引き分けには持ち込める」

「つまり」

と、そう言ったシモンの声は掠《かす》れていた。それで初めて、口の中の渇きを意識する。

咳払《せきばら》いを挟み、シモンは続ける。

「あちらも一枚岩ではないということかな？　誰もが、ウォーターの勝利を望んでいるわけではない」

香屋は震える、だが奇妙に自信に満ちて聞こえる声で答える。

「少なくとも、今の戦場の指揮者は違う。だから僕たちには、もうこれ以上被害を出させない、完璧《かんぺき》な籠城の方法がある」

少年があの目をこちらに向ける。

なぜだろう、まるで、世界そのものを恨むような目を。

彼は言った。

「すべての部隊をメインチームに統合し、すべてのポイントをリリィに預けましょう。それだけであちらは、こちらに手出しできない」

その言葉の意味を理解するのに、一〇秒ほどかかった。

平穏がたったひとつのチームになり、すべてのポイントがリリィのものになる。――すると、どうなる？　世創部側が新たなポイントを獲得しようとすれば、リリィを倒すしかない。けれどその瞬間、架見崎のゲームは決着する。なぜならリリィを倒してしまえば、架見崎の領土のすべてが世創部のものになるのだから。

もしも、あちらがまだ架見崎のゲームに決着をつけたくないのなら。

――リリィにすべてを背負わせれば、あちらはもう、手出しできない。

香屋が、なんだかつまらなそうに首を傾《かし》げる。

「貴方の期待通りでしょう？　リリィへの信仰の、もっとも効率的な使い方です」

その言葉で、これまでとは異なる感情で、シモンは震える。

イメージができたのだ。目の前に映像が浮かび上がるように。

――今、我がチームは追い詰められている。

月生の敗北から始まり、得体のしれない敵を相手にし、理由のわからない死者を積み上げている。

今、リリィが矢面に立って。すべてのポイントと責任を引き受けて。そして敵が引いたなら、それはシモンが望む平穏な国の姿だ。リリィという少女が、完璧な偶像として完成する。

香屋歩の提案は、明らかにギャンブルだった。

彼の話の通りであれば、たしかにあちらは、まだ決着を望んではいないだろう。けれど推測に根拠がない。もしもヘビというプレイヤーがウォーターの勝利を望んでいたなら、ただこのチームを差し出すだけのやり方。リリィは盾を失い、間もなくその首が飛ぶ。そして架見崎のゲームが終わる。

――だが、なんの手も打たなくても、同じことだ。

平穏な国はこのままであれば、ずるずるとポイントを失い、戦力を失い、きっと間もなく敗北する。

今日の戦いは、怖かった。いや、思えば、もっと前から。架見崎という場所に、シモンは置いて行かれているような気がしていた。足掻《あが》いても、足掻いても振り払えない、漠然と重たい感情。その恐怖は絶望に似ていた。けれど、それが未《いま》だに、完全な絶望として成立していないのは、まだ縋《すが》れるものがあるからだ。

シモンはこのとき、香屋歩にベットすることを決意した。

「できる限り、言う通りにしよう」

「ええ。早く」

「だが現実的に、すべてのポイントを集めるのは困難だよ」

ユーリイと雪彦《ゆきひこ》。このふたりは動かせない。ユーリイが、すべてのポイントをリリィに差し出すはずがない。加えて雪彦はまだ戦場に身を隠している。彼の刃がその首元になければ、ウォーターは白猫を戦場に解き放つ。

香屋が答える。

「なら、できるところまで進めましょう。部隊リーダーを集めて」

シモンは、英雄を望んでいた。

平穏な国を立て直すために、絶対的な英雄が必要なのだと感じていた。

――正直に認めてしまおう。

これまでに出会った中で、もっとも英雄的だったプレイヤーは、ウォーターだ。彼女は常にチームの中心にいた。敵対していたシモンでさえ、彼女の勝利を疑わなかった。だから、誰もが、彼女の声をよく聴いた。

香屋歩はなにひとつ、ウォーターに似ていなかった。その声も、表情も、立ち姿も。なにかが足りない、という話でさえない。なにもない。ウォーターが手にしている力強いものが、なにも。

それでもただひとつだけ、ウォーターと同じものがある。

彼自身ではない。その、周囲の反応だ。今、この場にいる誰もが、香屋歩だけに注目している。すぐそこに迫った敵の存在さえ目に入らないくらいに、彼の言葉に意識を奪われている。

――英雄は、なによりもまず、その声を他人に聴かせるものだ。

普段のこの少年は、まったくそうじゃない。彼の言葉はすべて、取るに足りないものに聞こえる。なのに。追い込まれれば追い込まれるほど、絶望に近づけば近づくほど、彼の言葉を無視できなくなる。

だから、今。この瞬間だけは。

香屋歩という少年は、ウォーターに並び立つほど英雄的だ。

＊

香屋は自ら負けを選んだ。握りしめていた弾丸を、拳銃に込められなかった。

ヘビに、負けた。

――この先、誰かが死んだなら、それはみんな僕の責任だ。

言うまでもなく。だいたい、これまでだって、そうなんだ。世創部との交戦を香屋自身が望んだのだから。でもここからは、もっと逃れようがない。月生の死が香屋の責任であるように、この先の死はひとつ残らず、みんな香屋の失敗が理由だ。

――君を作ったのは私だ。

と、トーマが言った。とりあえず現実と呼ばれるどこかであいつと話したときに。

けれど、あのとき。自分自身がはじめからＡＩでしかなかったと聞かされたときより、今の方がさらに、胸がざわめいている。

ずっと、死ぬのが怖かった。

その恐怖が自分自身の本質なのだと信じていた。疑う必要がない、両足で踏みしめている地面みたいなものなんだ、と。けれど今はもうそれを信じられない。

——僕は、誰かが死ぬ可能性より、トーマが傷つく可能性を怖れた。

どうして？

根っこが揺らぐ。トーマから聞いた話が、また別の意味を持つ。

——香屋歩は、私のヒーローとして生まれた。私の理想通りのヒーローとして、データだけの世界にぽんと生まれたんだ。

だとすれば、もしかしたら。

——僕は僕の価値観を投げ出してでも、トーマを守るのかもしれない。

香屋歩としてのプライドだとか、信念だとか。そんな大したものじゃないけれど、それでも香屋が自分自身の本質だと信じているものを蔑《ないがし》ろにしてでも。ただトーマの守護者でいることが、課せられているのかもしれない。

ヘビは、まるでトーマを愛しているようにふるまう。彼を生んだシステム通りに。

——そして、僕も。

香屋歩を生んだシステム通りに、まるでトーマを愛しているようにふるまう。そういうことなのだろうか。

この疑念自体が、呪《のろ》いだった。どこまでも深い呪いだ。

アイデンティティなんて言葉、うさん臭くて大嫌いだけど、でもそれが根本から揺らいでしまうくらいの。

――トーマ。僕は、君が大好きだよ。

本当に。友達として、人間として。

けれどその感情さえ、本当は香屋自身のものではないのかもしれない。自我みたいなものはどこにもない、ただアポリアの設定なのかもしれない。

――だとしたら。僕は、誰だ？

答えは出ないし、出す必要もない。

理性ではそうわかっているのに、その無意味な悩みに囚《とら》われる。

香屋は短く舌打ちして、逃避のように目の前の問題に再び目を向けた。

――この先、誰かが死んだなら、それはみんな僕の責任だ。

だから、誰も死なせてはならない。

＊

きっと架見崎で唯一、秋穂栞だけがその震える少年の変化に気づいていた。

まあ、震えているのも、追い詰められた顔つきも、みんないつも通りではある。先ほどのシモンとのやり取りを考えても、香屋歩は香屋歩として、正常に機能している風でもある。けれどなんだか違和感がつきまとう。

なんだろう？

――香屋が、自棄になっている。

秋穂はこれまで香屋から、そんな印象を受けたことはなかった。自分を棄《す》てる、なんて、そんな。まるで自殺みたいなこと。

内心で愚痴る。

――こっちはこっちで、わりとへこんでるんだから、そっちは最低限、普段通りでいてくださいよ。

とはいえ香屋にとっても、現状はきついものなのだろう。月生の死のことだって、やはり秋穂と香屋ではその受け取り方が違うのだろう。

秋穂はふっと息を吐き、意識を切り替える。

いつだったか、たしかリリィに初めて会ったとき、秋穂は自分自身の紹介で、こんな風に言ってみたことがある。

――普段使いの七バージョンとシークレットがふたつ、全部合わせてあっきーです。

普段使いの七バージョン、というのは嘘だ。というか数が適当だ。けれど状況に合わせて、何パターンかの自分を演じている自覚がある。そして、シークレットがふたつというのも、実のところ本当だ。

――ちゃんとシークレットだから、本当は隠したままにしておきたいんだけど。

でも、まあ、仕方がない。

さすがに香屋のためなら、多少は無理をしてやろうかという気にもなる。

「香屋」

と、彼に呼びかける。ある少女の顔を思い浮かべて。頭の中のスイッチを入れ替えるために、彼女の口調を真似《まね》て。

「なんだか君は限界っぽいから、あとは私が引き受けよう。この先の要点だけ手短に教えてくれれば、だいたい君のイメージ通りにやっておくよ」

香屋が視線をこちらに向ける。UFOから降りてきた宇宙人が緊張感のある長い無言のあとで、流暢《りゅうちょう》な関西弁を喋り始めるのを目の当《ま》たりにしたような表情である。なんて、無意味な比喩《ひゆ》を頭の中に思い浮かべてみる。

ともかく驚いた風な顔のあとで、彼は小さく噴き出した。

「なに、それ?」

「なにって?」

「トーマの真似?」

「意外に上手《うま》いでしょ?」

「別に、意外ってこともないけど」

秋穂が持つシークレットモードの片方。

それは、「トーマに憧《あこが》れる秋穂栞」だ。

――もちろん私に、トーマの代役は務まらない。

彼女は、まあ、すごく雑に言ってしまえば天才だ。

けれど秋穂は、自分自身をそれなりに評価してもいる。まずまず賢いし、まずまず可愛いし、まずまず器用。なんでもそこそこ上手くこなす。

——私が本気を出せば、たぶん、トーマの七割くらいのことはできるでしょう。

それはなかなか誇らしい数字だと、秋穂は思う。

「じゃあ——」

香屋は、今日の戦いの着地点を提示した。

「もう戦争はやめにして、選挙で戦おう。それをトーマに呑ませたい」

同時に、彼の話は、架見崎のゲームそのものの着地点でもあった。

＊

このとき、トーマもまた混乱していた。

外にその混乱が漏れてしまわないように、静かに、だが深く。

——父さんの、死の真相？

それを、ヘビは知っているのだろうか。どうして父さんが自死を選んだのか、そこに至るまでのあの人の考えを。

ヘビがすべてを知っていたとして、それは意外なことではなかった。カエルは生前の父さん自身が開発したものだが、ヘビはあの人の死後、アポリアによって生み出された。つまりカエルは「冬間誠の自死が組み込まれていない冬間誠ＡＩ」、ヘビは「冬間誠の自死が組み込まれた冬間誠ＡＩ」だともいえる。

――でも父さんの死に、なにか大きな秘密があるのかな。

あの頃、父さんは追い込まれていた。彼の自殺はセンセーショナルな事件としてずいぶんニュースを騒がせたが、反面でその死を、意外だと思う人はほとんどいなかったのではないか。父さんはアポリアを作り、アポリアは問題を生んだ。命の価値というものを、とても希薄にしてしまった。

つまりあの人は大罪人だった。――なんて表現は、もちろん間違っている。父さんはなんの法も犯していないし、法治国家において、法を犯していないなら罪ではない。けれど多くの人たちは、たとえばメディアやＳＮＳやトーマのクラスメイトたちなんかは、まるであの人を罪人のように扱った。生身の人間では背負いきれないような大きな罪を背負って、あの人は死んだ。とても悲しいことだ。けれど、自然なことでもあった。

コゲが言った。

「平穏に動きがありました。メインチームが、部隊を吸収しています」

トーマは円卓を人差し指で叩《たた》く。とん、とん、とん、と三度。きっと傍からは苛立っているようにみえるから、望ましい動作ではない。けれど、どうにか三つ目の音で、意識を目の前の戦況に引き戻す。

――メインチームが部隊を吸収すると、どうなる？

香屋は、なにを狙《ねら》っている？

コゲが続ける。

「あちらは、ポイントを急速にリリィに集めています」

その報告で腑《ふ》に落ちる。

香屋は、リリィ以外を殺してもなんの意味もない状況を作ろうとしている。そしてリリィを殺せば、架見崎のゲームの決着がつく状況を。

トーマは短く尋ねる。

「ヘビは？」

「動きがありません」

「そう」

ヘビにはおそらく、まだ二〇秒ほどの時間が残っているはずだ。二〇秒間ヘビが指示を出せば、平穏をずいぶん追い詰められるだろう。あるいは今日中にあのチームを倒しきることとさえ可能かもしれない。でも。

――ヘビは、まだ動かない。

というか、動けない。

このゲームの勝者にはきっと、アポリアの計算領域の一部――現在、架見崎を演算している計算領域を一定期間だけ自由にする権利が与えられるのだろう。

ヘビが望んでいるものはそれだ。アポリアの部分的な支配権を、カエルから奪い取ること。だからヘビは、このゲームの勝者を目指している。

──だとすれば。

ヘビはまだ、準備が足りない。

ただ世創部を勝たせるだけではいけない。条件はあとふたつ。「自身の時間を残した状態で」「勝利チームのリーダーの中にいること」が必要だ。つまり、架見崎の勝者が運営から賞品を与えられるとき、その身体《からだ》を乗っ取って自身の望みを口にする必要がある。

なら。ヘビ。

──あれはこのゲームが決着する前に、勝者の中に入ろうとする。

今、ゲームが決着しても、ニッケルは勝者になれない。だからヘビにはまだ準備が足りない。

端末からパラポネラの声が聞こえる。

「状況は、すでにヘビが用意した資料を外れています。次の指示は？」

トーマはわけもなく首を振って答える。

「教会をゆったりと取り囲んで。あとはしばらく、あちらの出方をみる」

本質的には、今日の戦いはすでに終わったのだ。

ヘビは圧倒的な戦果を上げた。平穏の五一人を殺し、大量のポイントを奪い取った。そしてこちらは被害らしい被害も出していない。強いていうなら、パンのサブアカウントとして生まれたモノの肉体を失ったくらいだ。

──今日の戦いは、ここまでだ。

この先は、もうなにもない。ヘビにとっても。
トーマはそう思っていた。

# 第七話 でもあなたにはわかるよね？

*1*

日が暮れていた。

架見崎《かみさき》の八月三一日は、夜空に丸い月が昇る。けれど今はまだ、月は地平線の向こうにいるようだ。東の空の雲の底がぼんやりと輝いているだけだった。

その、淡い灰色の輝きに背を向けて、太刀町《たちまち》は宙に浮かんでいた。平穏な国が拠点とする教会の屋根よりもずいぶん高い場所から、その教会を見下ろす。

教会は、太刀町の記憶よりもいっそう古びているように感じた。それは本来、あり得ないことだ。ループを繰り返す架見崎で、建物が古びるなんていうのは。でも、たしかにそう感じた。

緩やかな夜風に吹かれながら、太刀町は口笛を吹く。なんとなく、「月の光」という名のクラシックの曲にした。同名の曲ではドビュッシーが有名だが、そちらではない。ガブリエル・フォーレというフランスの作曲家が、ヴェルレーヌの詩のために作曲したピアノ曲だった。

太刀町はその繊細な曲の最初の何小節かを繰り返した。月が昇る直前の真新しい夜空に吸い込まれる高音は、古ぼけた教会によく似あうような気がした。

――嫌いだよ。平穏な国なんて。

そう考える。

太刀町には実に様々な「嫌いなもの」がある。世界中のありとあらゆる広告。九割九分の花柄。フィギュアスケートの選手の胡散臭《うさんくさ》い笑顔。選挙速報。とくにその中で当選者がバンザイをする映像。ノック式のボールペン。ストローという存在。靴下の裏側の配慮がない縫い目。ギターの形状と、それが格好いいという価値観。長方形ではない形の消しゴム。タバコとブラックコーヒー。健康を売りにした食事。架見崎という場所――

けれど、少しだけ好きなものもある。

たとえば、子供。自分よりも年下の人間は好きだ。それから、嘘《うそ》つきは嫌いだが、正直者が必死につき続ける誠実な嘘は好きだ。ひとつの長い物語のような嘘は。リリィは前者に該当する。そしてウォーターはおそらく、両方に。

太刀町は自身が平穏な国にいた頃《ころ》のことを思い出す。

それは、あまり古い記憶ではない。というか世界平和創造部というチームに、なんだかまだ現実味がなくて、自分は今も平穏な国の一員のような気がする。

──だから、自殺みたいなもんだよね。平穏を壊すなんてのは。

違うか。よくわかんない。

そんなことを考えながら、口笛を吹き続ける。

うるさいよ、と下から、声が聞こえた。ウーノ。彼女も平穏な国に所属していたが、それは一時的なものだ。自分が作ったブルドッグスというチームが消えたとき、彼女はどんな心境だったのだろう？　まあ、知ったことではないけれど。

ウォーターは教会を取り囲めと指示しただけで、その続きがまだない。ループまで、もう五時間を切っている。ただ平穏な国を睨《にら》みつけているだけで、その時間は過ぎ去るのだろうか。それともゴーの合図が──平穏を壊し尽くせという合図が出るのだろうか。

もしも、そうなったとして。

──目の前にリリィがいたとして、私はあの子を殺すだろうか。

太刀町自身、よくわからない。ウォーターも同じように迷っているような気もする。けれど、それでも彼女が「ゴー」と言えば、誰かがリリィを殺すのだろう。たとえばあの子の前に立つのがウーノであれば、とくに迷いもないのだろう。

今、架見崎のすべては、ウォーターにかかっている。例外は──いるとしたら、ユーリイ？　あれは今、どこでなにをしている？　ともかく平穏な国はすでになんの手札も持っていない。たぶんそういう状況だ、と太刀町は考えていた。

そのとき。教会の大きな扉が開き、太刀町は口笛を止める。

扉の向こうから現れたのは、ひとりきりだった。

たったひとりの、幼い少女だった。

――リリィ。

苦しそうな顔。

彼女の白い肌を鋭利な光が照らし、太刀町は背後の空に月が顔を出しているのに気がついた。

*2*

少し前。

まだ夕日の欠片《かけら》が空の西側を赤く染めていたころ、秋穂《あきほ》が言った。

「ここから、貴女《あなた》の戦いが始まります」

リリィが彼女から受けた現状の説明は、とてもシンプルなものだった。

平穏な国は今、追い詰められている。けれど一方で世創部はまだ架見崎のゲームの決着を望んではおらず、だから平穏がひとつにまとまり、ポイントのすべてをリリィに集めれば手出しできない。つまり、リリィは無敵だ、ということらしい。

「じゃあ、私が端末を開けば、すっごいポイントが表示されるってこと？」

「はい。桁違《けたちが》いのポイントが」

なんだか現実味はないけれど、一度みてみたいな、という気はした。

でもリリィは手元に端末を置いていないから——リリィの端末はチームが管理しており、能力の使用の必要がある場合のみリリィの手元に戻ってくる——そのたくさん並んだ数字を確認することはできない。

秋穂が続ける。

「とはいえ、まだ平穏が持つすべてのポイントが貴女に集まったわけではありません。というか、ユーリイがポイントを手放すはずがないから、はじめから実現しない話です」

「じゃあ、やっぱり私は無敵じゃない？」

「いえ。先ほどこのチームは、貴女をリーダーとしてひとつにまとまりました」

リリィは首を傾《かし》げる。

「もし私がやられちゃったら、平穏な国はみんななくなっちゃうってこと？」

「というか、架見崎のゲームが終了します。すべての領土が世創部のものになるので。だからあちらも貴女を倒せないわけです」

「じゃあ、ずっとそうしておけばよくない？」

たったそれだけのことで架見崎から戦いがなくなるのなら、とっても素晴らしい。その道を選ばない理由がないくらいの最善手に思える。

けれど秋穂が苦笑する。

「まあ、でも、あっちの準備ができちゃったら、やっぱり普通に攻められちゃいますからね。とりあえず一時的な緊急避難みたいなものだと思ってください」

「そう」

「なので、もっと華麗に逃げ切りましょう。戦争というものから」

逃げられるものなら、逃げ出したい。リリィはずっとそう考えていた。

――でも、どうやって？

みんな、なぜか戦いたがる。あんなに賢いウォーターさえ。リリィがこれまで架見崎で出会った中で、例外と言えるのは、香屋歩《かやあゆむ》くらいだった。彼と、それから、秋穂くらいだった。

リリィがみつめると、秋穂はやはり笑っていた。

けれど先ほどまでの苦笑とは、種類が違う。仄《ほの》かな、でも自信に満ちた笑み。それはウォーターの笑い方に似ていると思った。でも、どこかが少しだけ、違うような気もした。いつもの彼女よりもゆっくりと。いつもの彼女よりも抑えた声で。いつもの彼女よりも挑発的に、秋穂が言った。

「暴力以外の方法で、架見崎の戦いを終わらせます」

そうだ。

――今日の秋穂は、ウォーターと香屋くんが混じっている。

なぜそう感じたのか、リリィ自身よくわからない。香屋歩について詳しいわけではなかった。顔を合わせたのもほんの数度で、ほとんどなにも知らないと言っていい。なのに秋穂の声に、彼のイメージを感じた。

「できるの？」

とリリィは尋ねる。縋《すが》るような気持ちで。

秋穂が答える。

「ぶっちゃけると、できる、できないっていうより、普通に戦ったら負けるしかない感じなので、急いでそっちを目指すしかないんですよ。でも、ま、たぶん上手《うま》く行くと思います。香屋の能力は、もう説明しましたよね？」

リリィは頷《うなず》く。

ポイントを使って運営に質問する、「キュー・アンド・エー」という名前の能力。

秋穂が説明を続けた。

「あれって香屋っぽくねちねちといくつも意味がある能力ではあるんですが、とりあえず大事なのはひとつです。――架見崎を平和な世界として存続させる方法は？　運営がこの質問に答えれば、架見崎の戦いはまったく性質が違うものになります」

それも、聞いている。

運営がその質問に答えたとたん、架見崎に新たな勝利条件が生まれる。戦って唯一《ゆいいつ》の勝者になることに加えて、みんなで架見崎の永続を築くことも決着になる。でも。

「運営はまだ、答えをくれないんだよね？」

「はい。あっちはあっちでごたごたもめてて、答えを出せない状況みたいです。だから、そのごたごたを解決することが、香屋の目先の目標だったわけですが――」

「そうなの？」

「ここ、ややこしいんですっごく端折《はしょ》りますが、世創部側にヘビって呼ばれてる超常現象みたいなのがいて、このヘビを上手く退治できれば運営が香屋の質問に答えられるようになるっていう状況なんです」

「ごめんなさい。全然、わかんない」

「まじでややこしいから、なんとなく上辺だけわかった気になっておいてください」

リリィは顔をしかめて「わかった」と答える。

こんな風に秋穂が説明を省略するのは、とても珍しいことだ。彼女は――少なくともリリィに対しては――あらゆる質問に丁寧に答えてくれるから。

「ともかく。だから香屋は、ヘビの退治を目指していたんですよ。運営から、キーとなる質問の答えをもらうためには、そうするしかなかったから。でもどうやらヘビは倒せそうにない。だいたい、まともに戦ったら人が死に過ぎるので、いったんヘビ退治は諦《あきら》めようって状況です」

秋穂が軽い口調で言った、「人が死に過ぎる」という言葉で、リリィは息を呑《の》む。

今日の戦いの被害報告は、まだ受けていなかった。

「何人、死んだの？」

「知らない方が気楽だと思いますよ」

「教えて」

「五一人」

その数字を、リリィには上手く想像できなかった。千や万より大きな数字のような気がした。

――わけわかんない。

というのが、正直な感想だ。けれど、視界がぼやける。気がつけば涙が浮かんでいた。頭では理解できなくても、感情のどこかが、その数字の意味を多少なりとも正しく理解していた。

おそらく意図的だろう、感情のない声で、秋穂が続ける。

「つまり平穏はたった一日で、人口の四分の一近くを失いました。しかもそれは、うちのチームでまずまず戦力になっていた人たちです。これが普通の戦争なら、もうとっくの昔に決着がついている被害です」

「そういうことじゃない」

秋穂の話は、ずれている。戦力がどうとかって話じゃない。人間が、死んだんだ。五一人も。

「ええ。その通りです」

秋穂が、また笑う。その笑みもなんだか、怖《おそ》ろしかった。

彼女はまっすぐにリリィの目をみて続ける。

「だからこの先は、戦争を終わらせる戦いです。もう誰も死なないように。そしてそれができるのは、貴女しかいません」

——私に、なにができるの？

そうリリィは言いたかった。

けれど、秋穂の微笑から目を背けたくて。視線を落とすと、秋穂の手が震えていたから

それで、言葉を呑み込む。

代わりに言った。

「私は、なにをすればいいの？」

「前もしたじゃないですか。架見崎中に聞こえる演説。あれ、なかなか評判が良かったんですよ」

「でも私の話を、みんな聞いてくれる？」

「みんなが聞く必要はありません。ウォーターだけを説得できれば、それで。あとはあいつが、勝手にみんなを説得しますよ」

秋穂の手は、まだ震えていた。けれどリリィがうつむかなければ、そのことに気づかなかっただろうと思う。声は落ち着いていて、むしろ明るくさえある。

——ああ。秋穂はいつも、なにか演技をしている。

リリィにも、なんとなくわかってきた。秋穂のことが。

出会ったころからずっと。秋穂は架見崎で、無理をし続けている。それはたぶん、香屋

歩のために。彼の考えが少しでも周りの人たちに伝わるように、その場その場で最適な秋穂栞《しおり》を演じている。

やっぱり余裕がある声で、彼女は続ける。

「これから貴女には、ウォーターと話をしてもらいます。架見崎中のみんながその話を聞きます。貴女の仕事は、こちらからの提案を、ウォーターに呑ませることです」

ウォーターにこちらの話を呑ませる、なんて、途方もなく難しいことのような気がするけれど。そこに架見崎の未来がかかっているのだとすれば、そんな重さに、耐えられるわけもないけれど。

「どんな提案をするの？」

そうリリィは尋ねる。

今はきっと、弱音をはいていられるときじゃない。

秋穂はなんでもないことのように、簡単に答える。

「平穏な国と、世界平和創造部の統一」

――そんな。

それじゃ、つまり。

「架見崎のチームが、ひとつだけになるってこと？」

「はい」

「じゃあ、架見崎が終わっちゃう」

「その通りですよ。もう誰も死ぬことなく、この無残なゲームが終わります」

最高でしょ？　と可愛《かわい》らしく、秋穂が首を傾げてみせた。

リリィはしばらく黙り込んで、頭の中で考えをまとめる。「ええと」とつぶやいて、続く長い沈黙のあとで、どうにか言葉を捻《ひね》り出した。

「ひとつだけのチームのリーダーは、誰なの？」

それがウォーターであれば、あのひとは提案を呑むだろう。それ以外の誰かなら――たとえばリリィなら、あのひとは提案を呑まないだろう。とても当たり前に。

「ええ。チームをひとつにまとめる前に、そこを決めちゃわないといけません。だからこちらからは、投票を提案します。チームなんて関係ない、架見崎の全員の投票。その投票で勝ったたれかが、新たに生まれるたったひとつのチームのリーダーになるんです。それはつまり、架見崎のゲームの勝者に」

もう戦争はしない。投票で、ゲームの決着をつける。

――なんて、当たり前に正しい話だろう。

徹底して平和で、平等だ。戦いなんて始める前に、理性的な誰かがまず提案すべきことなんじゃないかという気がした。でも。

「ウォーターは、頷いてくれるかな？」

このまま戦いを続ければ、平穏な国は負けるだろう。

もうすでにこの教会は、敵に囲まれていると聞く。世創部の勝利は目前なのに、わざわざここから仕切り直して、選挙に乗ってくれるだろうか。

「だから、リリィ。貴女に、ひとりきりで戦ってもらいます」

と、秋穂は言った。

「これから命がけで、敵の目の前に立ってください」

そして彼女は落ち着いた笑みを浮かべたまま、震える手を拳《こぶし》にした。

＊

秋穂は震える手を固い拳にした。

――この手の震えが、私とトーマの差なんでしょうね。

そう考えて、内心で無理やり笑う。

実のところ、トーマの説得なんて問題じゃない。だってあいつはこの提案に、飛びつくに決まっているんだから。

香屋とトーマは、考え方がよく似ている。きっとトーマが香屋のファンだから、どうしたって思考が近づく。ともかくふたりともずいぶん前から、架見崎の決着は選挙みたいな形をイメージしていたはずだ。

秋穂がそれに気づいたのは、ずいぶんあとになってからだった。

けれど振り返ってみれば、ふたりは「選挙での架見崎の決着」を、まっすぐに目指していた。

でもそのルートはまったく違う。

ふたりの得意分野が違うから、当然、別のアプローチをすることになる。

香屋はより大勢を説得するプランを用意するために、キュー・アンド・エーを使って運営から言質《げんち》を取ろうとした。つまり神さまのような存在から「平和な世界の存続方法」を聞き出すという、反則まがいに強力なマニフェストを用意するつもりだった。

対して香屋の考えを察したトーマは、選挙で勝ち切るために、とにかく自分のチームに大勢の人たちを集めた。世創部が握っているのは、架見崎の総人口の八割に迫る。

理屈で架見崎を変えようとした香屋と、ひたすら仲間を集めたトーマ。改めて考えてみると、どちらもいつも通りだな、という感じがする。

けれど素直に現状の情勢をみれば、その勝敗は明らかだ。

トーマはほとんど完璧《かんぺき》に、自身の狙《ねら》い通りのチームを作っている。

対して香屋の方は、ぼろぼろだ。彼の「理屈」を完成させるには、運営の言質を取ることが必須《ひっす》だった。そのためにヘビを排除する必要があった。でも、それは叶《かな》わなかった。だから香屋のアイデアは、未《いま》だ机上の空論の域を出ない。

――このまま選挙を始めれば、きっとトーマの圧勝でしょうね。

実のところ、今こちらから「投票による決着を」なんて提案をするのは、白旗を上げるのに等しい。だからトーマはほとんど確実に、この提案に乗る。

――でも。まあ結局、私も香屋派なので。

それでも香屋が勝つことを信じている。トーマと肩を並べて。あるいは向かい合って、にらみ合って、それでも笑い合ってあいつの勝ちに拍手を送りたいと願っている。トーマのことをすべて知っているとは言えないけれど、これだけはあちらも同じだろう。

――だから。

秋穂は罪悪感と共に認める。

――私はリリィを、前線に出す。

本当は通話一本でトーマが頷く提案に、この子の命をかける。

リリィを架見崎の、ひとつの象徴として完成させるために。不戦と平和と平穏の、か弱い旗印にするために。そのカードがきっと、香屋にとって意味を持つと信じて。

秋穂はリリィに微笑《ほほえ》みかける。

「リリィ。貴女は、貴女のままで敵の前に立って。いつも通りに怯《おび》えたり、困ったり、たまに笑ったりしていてください。ウォーターとは違う。強いふりをしないことが、貴女の強さです」

本当は、この子が無理をする必要なんてないんだ。トーマに勝ちを譲るなら。

それでも。

「貴女は、貴女が思っているよりもずっと、そのままでこのチームの象徴です」

最後まで、そう言い切る。

前線に出ても、リリィはきっと死なない。傷ひとつつかないはずだ。なぜならヘビはまだ、架見崎の決着を望んでいないから。香屋はそう予想し、秋穂もそれに乗った。

でも、怖い。

——もしも。万が一、リリィが殺されるようなことがあったなら。

それは秋穂の責任だ。

だからどうしても、手が震える。

3

教会の扉が開き、リリィが現れた。

彼女は純白の、修道着に似た形状のゆるやかなドレスに身を包んでいる。そのドレスと同じように白い肌を、鋭利な光が照らし、太刀町は背後の空に月が顔を出しているのに気がついた。

リリィの表情に余裕はない。硬く強張《こわば》り、幼い顔立ちには似合わない二本の深い皺《しわ》が眉《み》間《けん》に入っている。彼女は何度か足元に視線を落とそうとしたようだった。そのたびに、糸を引かれたマリオネットみたいに、不自然な動作で視線を上げた。怖れ、怯え、緊張していて、なんとか虚勢を張ろうとしている。そのすべてが微笑ましい。なんだか、子供の学芸会をみているような、戦場には場違いな少女。

——結局。

と、太刀町は認める。

――リリィの姿は、美しい。

場違いなのに、場違いなまま、この戦場に立つから。

どこにも余裕がないから、その姿は美しい。

射撃士《シューター》たちが端末を向けて画面を軽くタップすれば、彼女は簡単に死んでしまうだろう。

そのか弱さが魅力的だった。目の前で誰かが死んだなら、悲鳴を上げて腰を抜かして、もうなにも喋《しゃべ》れないだろう。その幼さが最良だった。

もしもリリィが死んだなら、誰もが心に傷を負う。そのサイズはまちまちでも、敵味方を問わず、全員が必ず彼女の死を悲しむ。それはごく自然なことで、だから架見崎において、彼女の存在は特別だった。

――聖女リリィ。

なんて呼び方は胡散臭くて、馬鹿《ばか》げている。

けれど彼女は、死と戦争を怖れるひとりの少女のまま、数多くの敵兵の前に現れた。見え透いた強がりと、隠せない震え。そこにはたしかに神聖なものがある。聖書には載っていなくても、それの代替となる物語のようなものが。

リリィが歩く。

おどおどと、今にも転んでしまいそうに。

誰も口を開けない。じっと彼女を見守るしかない。

——このまま私たちはそわそわしながら、この子をみつめているんだろうな。

なんだか本当に、学芸会の観客みたいに。

太刀町がそう考えたとき、端末に通信が入った。足の下にいる兵隊たちが、次々に端末を取り出す。おそらく世創部の全員が、同じ映像に目を落とす。

そこに映っているのは、目の前の光景だった。

気弱そうなひとりの少女が、だが敵軍に向かって歩み寄る光景。

なんだか、映画のワンシーンみたい。太刀町はまるで他人事《ひとごと》のようにそう感じた。けれど少なくともひとりは当事者意識を持っている人間がいたようだ。

「止まりな」

リリィの前に、ウーノが立つ。

それでリリィが足を止める。ウーノは手にした銃を少女の眉間に突きつけている。なんだか無性にそわそわして、心の中ではリリィの方を応援していて、太刀町は苦笑する。

ウーノが、クールに告げた。

「なんの用だい？　動けば撃つ」

リリィは涙が浮かんだ目で、しばらくその銃口をみつめていた。

ウーノの方は、少し困った様子で、「答えなくても撃つ」と補足する。

震えた声で、リリィが言った。けれどそれは、目の前のウーノに——あるいは銃口に応《こた》えたものではなかった。

「ウォーター。話をしましょう」

太刀町は手の中の端末をみつめる。そこに映る、悲惨に引きつった少女の顔を。なんて切実な顔をするんだろう。なんて、傷つきやすそうな。精巧に作られたガラス細工が目の前でテーブルから落下し始めたなら、目を逸《そ》らせる人間なんていない。同じ求心力を、今のリリィは持っている。美しいものがまもなく壊れる予感。だから。

——今だけは、架見崎の主役は、この子だ。

誰もが彼女の声を、聞き逃せない。

＊

トーマは仕方なく、端末に告げる。

「ウーノ。銃を下ろして。その子を傷つけてはいけない」

リリィひとりが戦場に歩み出てきたことは、トーマにとっても意外だった。なんだかあまり、香屋的ではない。恐怖心が足りていない。

——でも。まあ、効率的ではある。

今夜、架見崎のゲームが決着することはない。そうとわかっていたなら、やるだけタダだ。どれほど危険にみえてもリリィは安全で、リーダーとしての格だけを示せる。もし今もまだトーマがリリィの語り係だったなら、同じことを提案していたかもしれない。

トーマの端末にも、リリィとその周辺の映像が映っていた。

ウーノが銃を下ろすのをみて、トーマは続ける。

「さて、リリィ。いいよ、話をしよう」

リリィは、少しだけ安心したようだった。うん、と小さく頷く。

「ところで、なにを話すの？」

「これからの、架見崎のこと」

「とっても良い議題だ」

答えながら、トーマは考える。

――香屋っぽくなくても、やっぱり背後にはあいつがいるんだろう。

これはシモンの考えではない。シモンがこんな風にリリィを前に出すことはない。けれど、香屋の狙いがまだわからない。

リリィが言った。

「今日、うちのチームの、大勢が死んだ。五一人も」

「うん」

「私はその人たちの名前も知らない。聞いていない。もしもひとりでも知っている人がいたら、そんなの耐えられないから。でも、じゃあみんな知らない人だったら、安心するっていうの？」

わかるよ、とトーマは答える。

同時に、リリィには脚本が与えられていないのだろうと感じる。演説の入り方として、あまり効果的ではないから。少なくともトーマであれば、こんな言葉は選ばない。でもだからこそ、リリィらしくはあった。

「それで？」

促すと、リリィが続ける。

「私、まだ、人が死んだことがよくわからないんだと思う。もちろん悲しくて、怖い。でも全然足りない。五一人も死んだってことの意味が、ちゃんとわかっていたら――」

彼女はそこで、言葉を切った。

必死に言葉を探している様子で、トーマはそれを見守った。

やがて、諦めた風にリリィが言う。

「やっぱり、わからない。でも、貴女にはわかるよね？」

急にそう尋ねられて、トーマは困ってしまう。

こんなの、いったいなんて答えればいいんだ。トーマはまずまず議論が強い自負があるけれど、思いもよらない攻撃だ。

リリィの方は、自身が攻撃をしかけているなんて自覚もないのだろう。質問の意味が伝わらなかったと考えたのか、純粋に質問を重ねる。

「五一人も死んだことの意味が、ウォーターならわかるよね？」

最適な解答が、みつからない。

けれどチームリーダーとして、黙り込んでいて良い場面でもない。トーマは答える。

「わからないよ」

本心だった。

人の死の意味なんて、わかるわけがない。それがアポリア内の、データたちの死だったとしても。きっと誰にもわからない。

「君と同じように、オレだってわからない。悲しくて怖い。それだけだ」

口を動かしながら、内心では迷っていた。

――これは、間違えたかな。

まともに答えれば、損をするしかない質問。だからもっと、煙《けむ》に巻くべきだったのかもしれない。論点をすり替えて、けれどそうと気づかせないような強い言葉を使って、もっと失点を減らそうとするべきだったのかもしれない。

ほんの小さな声で、「そう」とリリィが言った。

「ウォーター。まだ、戦争したい？」

「いや。別に、初めから戦いたいわけじゃないんだよ」

「よかった。じゃあ、戦争はおしまいにしよう」

「君が平穏な国の敗北を認めてくれたら、そうなる」

他には答えようがない。チームリーダーとして、有利に進めている戦いを身勝手に放棄することはできない。

リリィが小さな咳払《せきばら》いをした。

「選挙で、架見崎の決着をつけましょう」

これは事前に用意されていた言葉なのだろう。彼女が口早に続ける。

「架見崎にいる全員が投票権を持っていて、ひとりだけリーダーを選ぶ。選挙が終わったら平穏な国と世界平和創造部がひとつになって、その人がリーダーになる。戦争ではない方法で、戦いを終わらせましょう」

トーマは思わず、顔をしかめる。

――リリィの話は、意外じゃない。

予定通りだとさえいえる。

香屋は以前から、その決着を目指していたはずだ。ずっと前から。もしかしたら、架見崎を訪れた直後。あのマンションの一室で、自身の能力を選んでいたころから。

だから香屋歩は美しい。

彼は初めからゴールをイメージして、逆算するように進む。いちいち右往左往しているようでも、振り返ってみると足跡がまっすぐな一本道で美しい。

香屋の計画のすべては、あの「キュー・アンド・エー」という能力に詰まっている。運営から言質を取るための能力で、しかもただ質問するだけで、効率的にポイントを棄《す》ててしまう意味もある。

運営が安全を保障する架見崎。そして、ポイントがないから、誰も能力を使えない架見崎。一貫して、それが香屋のゴールだ。

もうずいぶん前に、彼とこんな話をしたことがある。

――で、君の目的は？

トーマがそう尋ねると、香屋は答えた。

――リリィに名前を覚えてもらうこと、かな。

あのときのトーマはまだ、香屋がどういう意図でリリィに近づこうとしているのか、理解できていなかった。けれど、今ならよくわかる。香屋は「選挙で勝つひとり」を探していた。そしてリリィに白羽の矢を立てた。

リリィと知り合ってからの香屋の意識は、架見崎のバランスを取る方を向く。目の前の問題を解決して時間を稼ぎながら、その裏で準備を着実に進めた。戦力として月生《げっしょう》を獲得して、キュー・アンド・エーで運営との交渉を進めて、架見崎を三つの「大手チーム」だけにすることで三すくみを作ろうとして。

香屋歩は、まっすぐに進む。

戦争以外の方法での決着。そして、架見崎の永続化。

振り返ればこれだけを目指して、すべての準備を進めてきた。けれど。

――歩。本当に、大丈夫なの？

多少遅れてではあるものの、さすがにトーマも、香屋の狙いには気がついた。だから、強引に彼の計画を壊しにかかった。世創部がより多くの人たちを集めることで、選挙による決着の邪魔をした。

香屋の準備はまだ万全ではないはずだ。彼でさえ予想外の事態が、いくつもあったはずだ。その最たるものが、ヘビ。ヘビを架見崎に残したまま、香屋が最終ステップ――選挙戦に進もうとしているのが、不思議だ。

香屋はこの状況でも、勝ち目があると考えているのだろうか。

それとも、なにかを、諦めてしまっただけなのだろうか。

自身の思考に、トーマは苦笑する。

――いや。ないか。

香屋が。あの香屋歩が、根本の目的を諦めるなんてことは、絶対に。

なら香屋には、次の計画があるのだろう。トーマの目からは一方的に不利にみえるこの状況からでも、架見崎を勝ち切る計画が。

それは、なんて。なんて、心躍ることだろう。

「ウォーター？」

不安げなリリィの声が聞こえて、それでトーマは軽く咳払いをする。

「ああ、ごめんね。感銘を受けていた」

「感銘？」

「選挙での架見崎の決着。最高だ」

それで、リリィの声が、ぱっと明るくなる。

「じゃあ――」

「うん。さっそく、準備をはじめよう」

これから世創部の皆を納得させる必要がある。まあ、普通に考えればこちらが勝つ選挙なのだから、大半の説得は難しくないだろう。問題は、やはりヘビ。あれがこの状況を、どう判断するのかわからない。

――けれど、そっちに頭を捻るのは、あとでいい。

今は素直に知りたいことがある。

「でも、君はいいの？　選挙をすれば、間違いなくオレが勝つ」

少しでも香屋の思惑の手がかりが欲しくて、そう尋ねてみる。

けれどリリィの返事は、拍子抜けするものだった。

「うん。いいと思う」

「いい？」

「これ以上、誰かが苦しんだり、死んじゃったりするよりは、貴女が勝つ方がいい。ずっと――比べものにならないくらいに。そうでしょ？」

それは、今、この場において。

追い詰められた平穏な国の聖女リリィとして、なんて完璧な解答だろう。

――ああ。リリィ。

この子はただ、素直な本心で答えただけなのだろう。きっとこの子も、香屋の狙いは聞かされていないのだろう。

でも。だからこそ、リリィは強敵だ。

架見崎にいながら、あまりに普通で、あまりにフラット。架見崎が苦しい場所になればなるだけ、この子の価値が高まる。香屋歩が選んだ偶像。

「わかった。フェアに戦おう」

そうトーマは答える。

半分は香屋に向かって。でも、もう半分は、しっかりとリリィに向かって。

――私が知る限り、架見崎で香屋がはっきりと求めたカードは二枚だけ。

月生と、リリィ。

だからこの子を、みくびってはいけない。

## 4

――わからないな。

と、ユーリイは考える。

まったくわからない。ヘビ。あれは、なにを考えている？

ユーリイは、どちらかというと愉快な気分で暗い路地を進む。架見崎は街灯の大半が壊れているか、あるいは通電していない。だから月が明るくみえる。

香屋歩は、完璧ではなかった。ヘビの時間のすべてを奪うことはできなかった。けれど充分に、合格点ではある。彼は極めてローコストなやり方で——対話だけを用いて、六〇秒を超えるヘビの時間を奪った。

ユーリイの想定では、ヘビに残された時間は少なく見積もってあと一八秒、多く見積もっても二五秒。二五秒程度であれば、どうとでもなる。ヘビは脅威だが、あれが使えるのはあくまでニッケルの肉体だけだ。ヘビは「ニッケルが持つ性能」を限界まで効率的に使うだろうが、限界を超えはしない。なら詰め切るのは不可能ではない。

加えて、シチュエーションも悪くない。リリィ。彼女が今、架見崎中の注目を集めているから、世創部の部隊の目が外に向いていない。事態はユーリイにとって、とても都合よく推移している。

だから、わからない。

——ヘビは、どう生き残るつもりなんだろうね？

もう間もなく発生する、ユーリイの襲撃に対して、どんな手を残しているのだろう。もしも相手がヘビでなければ、ユーリイは勝ちを確信していた。詰め切った、と判断するのが妥当だ。けれどさすがに、ヘビを見くびれない。

——ねぇ、僕よりも賢いはずのヘビ。

君の手札はなんだ？　どんな勝ち筋を残している？

わからないから怖い。怖いから背筋が震える。自身が震えているのが愉快だ。愉快で、心地が良い。

ユーリイは端末の画面を確認する。そこには、ユーリイ自身の検索《サーチ》の結果が表示されている。

すぐそこの角を曲がれば、一台のセダンが停《と》まっている。その中にニッケルがいて、さらにその中にヘビがいる。ニッケルは端末を手にしてさえいない。いつ、テスカトリポカの偽手《ぎしゅ》によって例外消去が発動するかわからないから。彼の周囲には何人かの世創部の兵がいて、ドミノの指先を使えば、それらはみんなユーリイの手駒《てごま》になる。やはりヘビは綺《き》麗《れい》に詰んでいるようにみえる。

そう考えた直後、ユーリイは足を止める。

ヘビが動いたのだ。どういうことだろう？　彼は端末も手にしないまま、独りきりで車を降りて、こちらに歩いてくる。

——ああ。面白い。

根拠のない恐怖。いや、ヘビという存在だけを根拠とした恐怖。

ユーリイは足を止めたまま、路地の先をみつめる。深く息を吸い、長く息を吐く。辺りから、リリィとウォーターが話す声が聞こえる。ひとつひとつは小さな音でも、すべてのプレイヤーのすべての端末が同じ映像を流しているのだから、その声がユーリイの耳まで届く。幼いころ夜道を歩いていると聞こえてきたナイター中継の音を思い出した。ささやかなことでノスタルジーを感じるのは、胸の中で死の恐怖を覚えているからだろうか。走馬灯にしてはずいぶん薄っぺらだけど。

間もなく、路地の向こうにヘビが現れた。ニッケルの姿をしたヘビ。

――ただ歩くだけに、ヘビは何秒使った？

彼の時間は、あとどれだけ残っている？

ヘビは建物の影の手前で足を止める。あちらだけが月光に照らされていて、こちらは暗い。そのスポットライトとしてはか弱く清々《すがすが》しすぎる光の中で、ヘビが言った。

「ニッケルを殺せ」

ユーリイは、胸の中の熱が冷めていくのを感じる。

――ああ。その言葉は、つまらない。

あらゆる想定の中で、もっとも。ユーリイは端末をタップする。――ドミノの指先。相手がヘビであれば、中間は省略できる。自身を地球人ではないと確信しているそれは、前提なくユーリイの洗脳を受ける。

――速やかに自殺しろ。

そう告げれば、ヘビは架見崎から消えるはずだった。

けれどユーリイが簡潔な指示を出す前に、ヘビが続ける。

「殺せば、――が死んだ理由を教えよう」

彼が口にしたのは、あるひとりの名前だった。

それほど数が多いわけではないけれど、特別珍しいということもなくて、たいていの人がその人生で一度くらいは出会っているような。野球でもサッカーでも、調べてみればひとりくらいは選手がみつかるような、そんな名前。

それはかつて、ユーリイが繰り返し耳にした名前だった。

「なるほど」

なんの面白味もない、それを口にした当人さえ面白いとも思っていない冗談を聞いたように、ため息のような声がユーリイの口から洩《も》れる。

「――は、死んでいたのか」

どうして？　なぜ、死ぬ必要があった？

ユーリイは、自身であればすぐにその答えがわかるはずだと思った。けれど、咄嗟《とっさ》にはなにも思いつかなかった。

ヘビの言葉は別に、無視できないわけじゃない。でも架見崎を訪れてからその名前を聞くのは、二度目だ。一度目はタリホーの口から聞いた。これが、二度目。

タリホー。

――君は、なにを隠している？

そしてユーリイは、ニッケルを殺すことを決めた。

# エピローグ

そのとき、香屋歩《かやあゆむ》はひとりきり、ソファーの上で毛布にくるまって震えていた。思考がまとまらない。ずっと、トーマのことを考えていた。

トーマ。冬間美咲《とうまみさき》。

――僕にとって、彼女はなんなんだろう。

ただの友達ならよかった。本当に。ただ、仲の良い友達なら。それ以外の定義は求めていないんだ。なのに今となってはもう、香屋とトーマのあいだには、いくつものややこしいものが横たわっている。簡単には、無視できないものが。

――ねぇ。トーマ。

君は僕に、なにを望んでいるんだ？

僕が君のために、大勢を見殺しにしたら、それで満足なのか？

違うだろう。そうじゃないだろう。君は。君が望むヒーローは。それはつまり、ウォーターみたいなものは。トーマ。君は、なにを望んで、僕が生まれた？

ウォーターなら、と香屋は考える。

あの最高のアニメヒーローは、けれど無敵の主人公じゃない。彼は凄腕《すごうで》のガンマンだけど、ひとりで相手にできるのは二、三人がいいところで、大勢に囲まれると命からがら逃げ出すことになる。幸福な結末を迎えるエピソードはなんとか半分よりも少し多いくらいだ。全員を救えないとわかっているから、時には命に順番をつける。大人よりも子供を、他人よりも知人を、知人よりも相棒を。ビスケットを。そんな風に、どうしようもなく、救うべき相手を選ばなければならないこともある。

それでも。

——それでもウォーターは、祈り続けているだろ。いつだって。クールな顔をしていても、根っこでは熱く。子供のように無垢《むく》に、真水のように純真に、全員が救われる結末を。

トーマは僕にもそれを望んでいるのか。——いや。なんだか、ずれているような気がした。だって。僕とトーマは、ウォーターのことじゃ、気が合わない。

たとえばウォーターの、あの台詞《せりふ》の解釈だって違う。

——生きろ。

とウォーターが言う。

——なんのために？

と誰かが尋ねる。作中で何度も繰り返されるやり取りだ。

ウォーターは決まって同じ言葉で答える。

——そんなこともわからないまま、死ぬんじゃない。

だからトーマは、生きる意味を探すのだという。

けれどそれは、香屋とは受け取り方がまったく違う。だってウォーターは、ただの一度だって、生きる意味を探せなんてことは言わなかったから。だから、そういうことじゃないんだ。生きる理由なんてものが、答えを出すべき疑問になること自体を、ウォーターは嫌っていたはずなんだ。

──もしもトーマが、僕とウォーターを重ねていたなら。

あいつが解釈するウォーターと同じ思想を僕が持つなら、こんなすれ違いは生まれないはずだ。僕たちは同じウォーター像を共有していたはずだ。

けれど、実際はそうはなっていない。つまり、トーマが僕に求めている役割は、ウォーターではないのだろうか。

──僕は、冬間美咲のヒーローとして生まれた。

トーマ自身から聞いた、その説明を信じるなら。

──じゃあ、あいつのヒーローって、なんだ？

心の中のどこか一部分が、それはおそらく香屋の中でもっとも根源的な部分が、こんな思考は無意味だと叫ぶ。

自分自身の成り立ちなんて、どうでもいい。

どんな風に発生したのかなんて、まったくなんにも関係がない。

今の僕がどうあるのか。それだけが、大切だ。僕は過去に生きているんでも、未来に生きているんでもなくて。今、この瞬間に生きているんだから。トーマの思惑だとか、価値観だとか、哲学みたいなものはどうでもよくて、今の僕がなにを考えていて、なにを目指しているのかだけが重要だ。

そうとわかっているのに、それでも香屋は、馬鹿《ばか》げた悩みに囚《とら》われる。転覆したボートがゆらゆらと海の底に沈んでいくみたいに。ゆるやかな落下のような思考から逃れられない。——冬間美咲にとって、香屋歩とは、なんだ？

ドアが開く音が聞こえて、香屋は毛布の隙間《すきま》からそちらを覗《のぞ》く。

秋穂《あきほ》。逆光の影の中に、素の彼女の、冷たい顔がみえる。

「この蒸し暑い夜に、なんて恰好《かっこう》ですか」

言われて気づく。いつの間にか、身体中《からだじゅう》、汗だくだ。

けれどなんだか、妙に寒いように感じる。風邪をひいて熱が出るときみたいに。実際、体調を崩しているのかもしれない。そういえば少し頭が痛い。

香屋が毛布の中から這《は》い出すと、秋穂が言った。

「リリィがウォーターの同意を得ました」

「そう。ありがとう」

これでとりあえず、人は死なない。世創部側には戦争を続ける理由がない。選挙戦においては圧倒的に不利な平穏は、本当は戦いたいんだろうけれど、今日の手痛い敗戦が枷《かせ》になるはずだ。すぐに次の戦いを始めるわけにもいかないだろう。だいたいリリィの言葉に反することは、このチームじゃタブーだ。

秋穂が隣に腰を下ろす。

「で？」

「なに？」

「なにをへこんでるんですか？」

「へこんでるっていうか、僕の存在理由みたいなもので悩んでた」

「それ、義務教育ですよ。中学卒業までには済ませておいてくださいよ」

まじか。授業はそれなりに、真面目《まじめ》に聞いていたつもりだけど。

なんにせよ秋穂の顔をみると、少しだけ胸が軽くなった。馬鹿げた悩みを、きちんと馬鹿げているって笑い飛ばせるような。やっぱり毛布よりも秋穂の方が安心する。

「トーマの真似《まね》はもうやめたの？」

「あれは貴方《あなた》へのサービスですから」

「どこが？」

「ちょっと笑ってたじゃないですか」

「そうだっけ？」

ともかく秋穂がやってきたなら、うじうじと悩みこんでいるわけにはいかない。トーマがその気なら、選挙の話はまもなく実現するだろう。

「実際、どう選挙を成り立たせて、どう勝つつもりなんですか？」

と秋穂が言った。それが、本来の議題だ。けれど。

「実はまだプランがない」

「だめじゃないですか」

「仕方ないでしょう。さっさと話を進めないと、また誰かが死んじゃいそうだったんだから、なりふりかまってられないよ」

選挙の話を持ち出すまでに、クリアしたい課題が四つあった。

ひとつ目は担《かつ》ぎ出す候補者——リリィの信頼を得ていること。

ふたつ目は最強の戦力である、月生《げっしょう》を手元に置いていること。

みっつ目はヘビを架見崎から排除していること。

よっつ目は運営から、「架見崎を平和な世界として存続させる方法は?」という質問への回答を得ていること。

この中の、実に四分の三はあからさまに未達成だ。月生は死に、ヘビはまだ架見崎に居座り、運営はあの質問の回答を寄越さない。残るひとつだって怪しいものだ。リリィは今もまだ、香屋よりもトーマを信頼しているだろう。秋穂が彼女と仲良くなってくれたことが唯一《ゆいいつ》の救いだ。

——なんにせよ、ぼろぼろだよ。

本当は先に進める準備なんて、なにひとつできていない。それでも無理やりに進むしかない。鼓動と足音だけをテーマにして。

香屋は、秋穂をみつめて告げる。

「どうにか僕の手元に残っているカードの中で、いちばん期待できるのは君だ」

「前のループで取った能力？」

「そっちは本命じゃないけど、まあ重要ではある」

能力名「安心毛布」と「昨日の正夢」。

この能力は架見崎にとって、巨大な爆弾になり得る。けれどその爆弾が、香屋が狙《ねら》った通りのものを吹き飛ばしてくれるのか、不発弾となって地中に埋まるだけなのか、使ってみなければわからない。

秋穂がわずかに眉《まゆ》を寄せる。

「正直、わりと不安なんですよね」

「どうして？」

「だって、こんなの、重すぎるじゃないですか。だいたいの人にとって」

「うん。まあ、そうだね」

別に、特別、悪いことをしようってわけじゃない。秋穂の能力を使っても、誰も死なない。怪我《けが》を負うこともない。それでもたしかに重い話ではある。

香屋が曖昧《あいまい》に頷《うなず》くと、秋穂が苦笑した。

「いえ。貴方は、わかっていませんよ」

「なにが？」

「なんていうか――みんなの感情みたいなものが」

そんな風に言われても、困ってしまうけど。

「でも、その能力を使うのは、今夜が最適だ」

秋穂の能力は、世創部の人たちに向かって使わなければ意味がない。つまりあのチームと交戦中になっている必要がある。

けれど秋穂の反応が、不安ではあった。

――僕には、感情がわからない？

そうだろうか。あんまり考えたことがなかった。まあ、架見崎に来る前から香屋には友達がほとんどいなかったし、秋穂には大勢の友達がいたから、たぶん彼女の言う通りなんだろう。

秋穂が、大きなため息をつく。

「ま、やりますよ。別に能力を使うだけなら、みんな意味わかんないでしょうし」

頼むよ、と香屋は答える。

世創部は圧倒的に強い。そのことを今日、あのチームは証明した。

――もしも世創部に弱点があるなら。

それはきっと、強すぎることだ。

＊

――想定を超えている。

と、ネコは考える。株式会社アポリアの研究員として、もうすでにずいぶん長いあいだ架見崎の運営に関わってきたネコにとっても、まったく想定外の出来事が起こっている。

原因はわかりきっていた。

香屋歩。それから、桜木秀次郎《さくらぎしゅうじろう》。このふたり。

一方はアポリアが演算するＡＩで、もう一方は実在するアニメ監督だ。根本から立場が違う、存在する次元さえ違うふたりが影響し合い、架見崎というものの意味が変質しつつある。

香屋歩は毎ループのように想定外のことをする。今回だって。だいたいヘビとの通話で吹っ掛けた議題自体がイレギュラーで、株式会社アポリアとしては大問題だった。冬間美咲のプライバシーを直撃する話なのだから。加えて「安心毛布」と「昨日の正夢」――あんな能力、本来は架見崎に存在してはならないはずだ。彼はこの実験を壊す。

けれど、影響がより大きいのは、桜木秀次郎の方だった。

七月の架見崎が再演算された影響で、現実時間においてひと月ものあいだ、「八月の架見崎」はその演算を止めることになった。つまり現実側の桜木秀次郎が、ひと月という時間を得た。

――もともと、彼はたった一日で、架見崎に情報を伝えるつもりでいたんだ。

よって、「ウォーター＆ビスケットの冒険」のＤＶＤに現れた特報の制作には、それほど時間がかかっていない。桜木が手にした三〇日という時間のうちの、わずか一日ぶんの成果だ。

そして残る二九日間で、彼は架見崎に新たな意味を与えた。ひどく歪《いびつ》な方法で、強引に現実と架見崎とを接続してみせた。

今、ネコはマンションの一室で、カエル、フクロウと共に長机に着いている。

向かいのパイプ椅子《いす》には、ひとりの「架見崎の新人」が腰を下ろしている。ネコにとっては慣れを通り越して飽きつつもある、架見崎の最初の説明。次のループの頭から架見崎を訪れるひとり――より正確にはひとつのＡＩに、最低限のルールの説明をするのと、初期ポイントでの能力の獲得を促すことが目的だ。

いつものように、カエルが言った。

「つい先ほど、世界は滅びました」

カエルが指すマンションの壁には大きな窓があり、その先には、だいたい彼の言葉の通りの景色が広がっている。家屋の半数ほどが瓦礫《がれき》になり、原形をとどめていない。どうにか建っているものも屋根が、壁が崩れ、ところどころ鉄骨がむき出しになっている。入門編的に提示される、架見崎の中でもっとも架見崎らしい風景。

窓の外に目を向けた新人は、驚きで目を見開いている。

その新人は、まだ幼さが残る顔立ちの少女だった。手元の資料には一六歳とある。とはいえ彼女は、人間ではなくＡＩだから、年齢も事実ではない。「アポリアが生んだ世界のひとつに、一六歳として存在していたＡＩのコピー」でしかない。

彼女に向かって、カエルが続ける。

「というのは、嘘《うそ》です」

同時にその新人も、まったく同じ言葉を口にしている。

「というのは、嘘です」

長机の反対側で、フクロウがかすかなため息をついた。彼女の心境はわかりかねるが、ネコ自身、ため息をつきたい気分だった。

カエルが続ける。

「貴女《あなた》の世界は、今も平和です。こちらの世界はこんな感じですが、貴女がいた世界とは別物です。そう、なんと、貴女は異世界にやってきたのでした」

「すごい」

少女が、楽しげに微笑《ほほえ》む。

もっと驚いたり、怯《おび》えたりしても良さそうなものだけど、そういったリアルな想像は、まだできないのだろう。

ともかく、彼女は言った。

「ぜんぶ、『ウォーター&ビスケットの冒険』とおんなじだ」

話が早くて助かりますと、カエルが答えた。

本書は新潮文庫のために書き下ろされた。
ストーリー協力　河端ジュン一

イラスト　越島はぐ
デザイン　川谷康久（川谷デザイン）

さよならの言《い》い方《かた》なんて知《し》らない。8

新潮文庫　こ－60－18

令和五年九月一日発行

著者　河《こう》野《の》裕《ゆたか》
発行者　佐藤隆信
発行所　株式会社新潮社
郵便番号　一六二―八七一一
東京都新宿区矢来町七一
電話　編集部(〇三)三二六六―五四四〇
読者係(〇三)三二六六―五一一一
https://www.shinchosha.co.jp

価格はカバーに表示してあります。

乱丁・落丁本は、ご面倒ですが小社読者係宛ご送付ください。送料小社負担にてお取替えいたします。

印刷・錦明印刷株式会社　製本・錦明印刷株式会社

ISBN978-4-10-180270-1 C0193